Arno Schmidt zum Vergnügen

Herausgegeben von
Susanne Fischer

Mit 13 Abbildungen

Reclam

RECLAMS UNIVERSAL-BIBLIOTHEK Nr. 18931
2013 Philipp Reclam jun. GmbH & Co. KG, Stuttgart

Umschlagillustration: Nikolaus Heidelbach, Köln
Umschlaggestaltung: Eva Knoll, Stuttgart
Gesamtherstellung: Reclam, Ditzingen. Printed in Germany 2017
RECLAM, UNIVERSAL-BIBLIOTHEK und
RECLAMS UNIVERSAL-BIBLIOTHEK sind eingetragene Marken
der Philipp Reclam jun. GmbH & Co. KG, Stuttgart
ISBN 978-3-15-018931-3
www.reclam.de

Inhalt

Vorwort

Arno Schmidt gilt als schwieriger Autor. Seine Texte sind kompliziert gebaut, die Struktur ist nicht auf den ersten Blick zu verstehen, seine Erzählungen sind mit Lesefrüchten aus abgelegensten Gebieten, fremdsprachlichen Wendungen und anderem Bildungsgut befrachtet. Am Leser scheint er nicht sonderlich interessiert. Was soll da, bitte schön, Vergnügen bereiten?

Nach seinen Stärken als Schriftsteller befragt, antwortete Arno Schmidt allerdings einmal trocken, sie lägen »in der Beobachtung. Und in Witzen.«[1] Die Leser, die sich weder von seinem Ruf noch von dem ungewohnten Erscheinungsbild seiner Prosa haben abschrecken lassen, können die Selbsteinschätzung des Autors bestätigen. Vielen mögen dabei zunächst die Sentenzen seiner spitzzüngigen Erzähler einfallen, die meinungsfreudig und pointiert zu allen Fragen des Lebens Stellung nehmen. Oder die beiläufigen, witzigen Beobachtungen und die knappen Skizzierungen von Personal und Handlungsort. Ein Heidedorf, in dem Öl gefunden worden ist? Der Autor kondensiert das steingewordene Elend der Neu-

1 *Antworten auf eine Rundfrage von Rudolf Walter Leonhardt für »Die Zeit«*, in: Bargfelder Ausgabe (BA), Supplemente 2 (Lesungen, Interviews, Umfragen) S. 202–207, hier: S. 204.

reichen auf wenige Zeilen: »Und mehr böse Träume aus Zement & Glas, und Nickel & Schwarzbakelit. (…) / Das Rathaus. (Ob die Blumen davor ›Gremien‹ hießen?). / Eine sehr Neue Kirche. / Den Vogel schoß, meiner geringen Einsicht nach, die Kreissparkasse ab: entweder waren diese Architekten uns Allen so weit voraus? (Und der Mund schnappte mir vor dem ›oder‹ von alleine zu; denn ich bin, wie jeder anständige Mensch, meiner Ansichten oftmals müde.)«[2]

Ein unsympathischer Beamter? »Das ist doch so ein Großer, Rascher, mit m Gesicht wie ham and eggs:«[3] Zurückgebliebene Landbewohner? »Steinzeittypen.«[4] Eine vornehme Frau?: »›Ein Beutel Wanniel' bitte!‹ (Das ist die *ganz* vornehme Sorte, der das korrekt spanische ›Vanilje‹ zu plebejisch klingt (…) so Geheimratswitwen oder Direktorsgattinnen. Und dann kriegte sie ihr Tütchen Bourbonvanille, C8H8O3, und würde Männe also heute einen schönen kleinen Pudding kochen, so 50 Gramm für 14 Personen: n Arbeiter iss mir am Arsch lieber, wie die im Gesicht!«[5]

Allzu zart besaitet, das hört man schon hier, dürfen der Leser und die (seltenere) Leserin nicht sein. Arno Schmidt stammt aus einem Kleine-Leute-Viertel.

2 *Windmühlen*, in: BA I, 3, S. 279–292, hier: S. 281 f.

3 *Die Umsiedler*, in: BA I, 1, S. 261–297, hier: S. 282.

4 Ebd.

5 *Das steinerne Herz*, in: BA I, 2, S. 7–163, hier: S. 18.

Geboren am 18. Januar 1914 im Arbeiterstadtteil Hamburg-Hamm, der Vater ist Polizist, »stets umgeben von Huren und Wasserleichen«[6], die junge Mutter (die »vom Kochen keine Ahnung hatte, wo hätt' Se's auch als 15=16jähr'je Mutti gelernt habm soll'n?!«[7]) flüchtet ins Kino oder in die bunte Welt der Schundromane. Die Eltern halten erst Hochzeit, nachdem Arno Schmidts ältere Schwester Lucie zur Welt gekommen ist, der Vater wohl nicht ganz freiwillig: »Aber wenn ich an die Szenen meiner Kindheit denke; wie er sich über meine Schwester herstürzte, sie zerprügelte, und dazu brüllte: ›Wegn Dir hab ich heiratn müssn!!!‹ ...«[8]

Der begabte, kluge Junge wächst in einer Familie auf, in der er sich fremd fühlt, in einem bedrückenden, engen Milieu. Man lebte zu viert in einer Zweizimmerwohnung, aber »die Mentalität meiner Eltern war so gruselich, daß Wir die ›Gute Stube‹ vorn, (die mit dem Balkong), *nie benützten!* Wir hausten, jahraus=jahrein, *nur in der Küche!* (Mit Ausnahme der Tage vom 24. Dezember bis 1. Januar.)«[9] Ob sich, als Schutzschild des verletzlichen Kindes gegen seine grobe Umgebung, schon hier der böse Humor im Keim herausbildet, mit dem der Autor später der

6 Ebd., S. 25.

7 *Abend mit Goldrand*, in: BA IV, 3, S. 232.

8 Ebd., S. 228.

9 Ebd., S. 231.

Welt entgegentritt – diese Frage kann man wohl getrost Küchenpsychologen überlassen, die auch die kleinbürgerlichen Mahlzeiten analysieren mögen, die »fette gelb-grüne Nudelbrühe, wie sie der kräftige Vater so liebte, und der Kleine so haßte. Er sah mit grausendem Interesse, wie der dicke lärmende Mann neben ihm mehrere Teller aß«[10], übrigens von einem »TafelService wie von Blohm & Voß«[11], also der jedem Hamburger geläufigen Schiffswerft.

In der Schule öffnet sich ihm dann eine größere Welt, vor allem aber in der Literatur: Arno Schmidts erstes selbst gekauftes Buch, erworben 1920, hat sich trotz Krieg und Flucht bis in seine Bargfelder Bibliothek retten können. Es ist *Die Reise zum Mittelpunkt der Erde* von Jules Verne. Die Liebe zu diesem Autor macht Schmidt noch in späteren Jahren literarisch produktiv – sowohl im Roman *Die Gelehrtenrepublik* (1957) wie in der NovellenComödie *Die Schule der Atheisten* (1972) benutzt er Handlungsmotive von Verne.

Arno Schmidts Vater stirbt, als der Sohn 14 ist. Die Mutter geht mit ihren beiden Kindern zurück nach Lauban in Schlesien, woher ihre Familie stammt. Für den Hamburger Arno Schmidt ist der Umzug ein Kulturschock, doch findet er in der neuen Schule in

10 *Der Rebell*, in: BA I, 4, S. 359–370, hier: S. 366.
11 *Abend mit Goldrand*, in: BA IV, 3, S. 232.

Görlitz einen Freund, Heinz Jerofsky, mit dem er vieles teilen kann. Und er stößt wiederum auf Literatur: In der Schülerbibliothek ergattert er ein ausgemustertes Bändchen Fouqué. Wer Liebesgeschichten mag, sollte Schmidts Schilderung dieses ersten Treffens mit dem Romantiker lesen,[12] dem er später eine ganze Biographie widmen wird.

Literatur als Exil wird auch für den Autor nach der Schulzeit eine Rolle spielen: Bei der kaufmännischen Ausbildung und Buchhalter-Arbeit in den Greiff-Werken, der größten Textilfabrik des deutschen Reiches, ist Lesen ein Schutzschild gegen die Zumutungen der Existenz als kleiner Angestellter. Im Krieg ist Arno Schmidt ab 1942 in Norwegen stationiert und entdeckt das Schreiben. Der ruhige Dienst in einer Schreibstube gewährt Muße, romantische Erzählungen zu erfinden, die der Ehefrau Alice Schmidt (1916–1983) gewidmet sind.

Diese Märchen[13] spielen alle in einem freundlichen 18. Jahrhundert, das von der hässlichen Kriegsgegenwart des Autors unberührt bleibt. Sie sind in einer humoristischen Erzählhaltung verfasst, doch wirkt der Humor behäbig, von Niedlichkeitsanwandlungen

12 *Begegnung mit Fouqué*, in: BA III, 3, S. 421–428.

13 Es handelt sich um neun Erzählungen unterschiedlichen Umfangs, die zu Lebzeiten Schmidts nicht veröffentlicht wurden, nachzulesen in BA I, 4, S. 185–608.

überzuckert, und deswegen nicht stilsicher. Komisch gemeinte »strampelnde Wichte« finden sich unter dem märchenhaften Personal der Erzählungen, die dann häufig »ungemein treffliche Bemerkungen« machen und koboldhafte Streiche verüben.

Die Briefe und Postkarten an den Schulfreund Heinz Jerofsky aus den Jahren 1935–40 klingen viel derber und direkter, die Scherze sind oft, vielleicht wegen der Zeitumstände, bitter.[14] Diesen Ton mag der Autor offenbar seiner jungen Frau nicht zumuten.

Doch weder die Märchen noch die Korrespondenz mit dem Jugendfreund sind ursprünglich zur Veröffentlichung bestimmt. Arno Schmidt debütiert erst 1949, nach Krieg, Gefangenschaft und einer vorübergehenden Beschäftigung als Dolmetscher für die englischen Besatzer, mit seinem ersten Buch *Leviathan*. In den drei Erzählungen, die von Flucht, unabsehbarer Gefangenschaft und Entkommensversuchen handeln, geht es, wenig überraschend, eher unheiter zu.

Der nächste Kurzroman, *Brand's Haide,* spielt unter Flüchtlingen in Niedersachsen, in einem Milieu, das Arno Schmidt vertraut war, denn er lebt nach seiner Entlassung aus britischer Gefangenschaft von 1946 bis 1950 mit seiner Frau in Cordingen bei Wals-

14 Nachzulesen in: *»WuHi?«. Arno Schmidt in Lauban Görlitz Greiffenberg*, hrsg. von Bernd Rauschenbach und Jan Philipp Reemtsma, Zürich 1986, S. 53–89.

rode unter elenden Bedingungen auf einem Hof, in dem 14 Flüchtlingsfamilien untergebracht sind. Larmoyanz wird man in der Beschreibung der Lebenseinschränkungen allerdings nicht finden:

»*Zahnpulver:* garantiert unschädlich: so die Aufschrift! (Witzig war unsre 46er Welt, was: nicht etwa wohlschmeckend, oder hochreinigend, oder mit Radium G – nee, nee: man bloß unschädlich!). Und ich feixte, daß mir die Backen wehtaten: n Suppenteller kriegte man nicht zu kaufen, aber wenn man die Totenmaske der inconnue de la Seine, 38 Mark 50, umdrehte, konnte man sie als solchen verwenden. ›Und siehe: es war Alles gut!‹ (Ach, weg mit dem Mist!).«[15]

Mit diesem rauhen Ton wird der Autor in den folgenden Jahren identifiziert. Die Kritik tut sich schwer mit der Mischung aus Alltagssprache, poetischen Naturbeschreibungen, respektlosen Witzen, zärtlichen Liebesszenen und, wenn auch metaphorisch beschriebenem, aber eben nicht schamhaft ausgeblendetem Sex, während Schriftsteller-Kollegen wie Alfred Andersch, Ernst Kreuder, Peter Rühmkorf und Martin Walser begeistert sind. Eine Anzeige wegen Gotteslästerung und Pornographie folgt auf Schmidts Liebesgeschichte *Seelandschaft mit Pocahontas* (1955) – heute nicht mehr nachzuvollziehen,

15 *Brand's Haide*, in: BA I, 1, S. 115–198, hier: S. 162.

wenn auch Beschreibungen wie die folgende vielleicht immer noch provozieren mögen: »Bei mir stieg eine Nonne mit ihren Ausflugsmädchen ein, von irgend einem heiligen Weekend, Gestalten mit wächsernem queren Jesusblick, Kreuze wippten durcheinander, der suwaweiße Gürtelstrick (mit mehreren Knoten: ob das ne Art Dienstgradabzeichen iss?).«[16]

Die Anzeige beschert Arno Schmidt, der sich 1950 als Flüchtling nach Süddeutschland hat umsiedeln lassen, 1955 einen weiteren Umzug: Wegen der liberaleren Gerichtsbarkeit verlässt er das katholische Rheinland-Pfalz und zieht in das hessische Darmstadt. Die Atmosphäre in der Stadt, die in ihrer Künstlerkolonie viele Maler und Schriftsteller beherbergt, inspiriert Schmidt zu seinen komischsten Texten: In der Erzählung *Goethe und einer seiner Bewunderer* kehrt der Dichterfürst nach seinem Tod zu einem eintägigen Besuch auf die Erde zurück – nach Darmstadt. Sein Führer durch die ihm unbekannte Jetztzeit ist ausgerechnet Arno Schmidt, der mit dem Olympier relativ respektlos umgeht. Ähnlich gelagert ist *Tina oder Über die Unsterblichkeit*: Der schmidtähnliche Erzähler besucht ein unterirdisches Elysium, in dem die Künstler nach ihrem Tod weiterleben müssen, bis man sie auf Erden endgültig vergessen

16 *Seelandschaft mit Pocahontas*, in: BA I, 1, S. 391–437, hier: S. 393.

hat. Aus dieser Grundidee ergibt sich eine Groteske über Sinn und Nutzen des Ruhms und des Nachruhms, die voller witziger Einfälle steckt. Die Auseinandersetzung mit der örtlichen Künstlerkolonie gipfelt schließlich in dem dystopischen Roman *Die Gelehrtenrepublik*, angesiedelt in einer post-atomaren Zukunft, in der ein eifriger Reporter erst Menschenmutationen in einem atomar verseuchten Gebiet besucht, ehe er auf die vermeintliche Insel der Seligen reist, in eine internationale, schwimmende Kolonie für Künstler und Wissenschaftler. Doch die künstlerische Arbeit dort scheitert an der Faulheit der Protagonisten und an den politischen Intrigen, die im Hintergrund gesponnen werden – der schaudernde Journalist entdeckt Entführungen und Hirnverpflanzungen. Dieser groteske Roman hat inzwischen zahlreiche Auflagen erlebt und ist Arno Schmidts erfolgreichstes Buch.

1958 ziehen Schmidts, des Stadtlebens überdrüssig, nach Bargfeld an den Rand der Lüneburger Heide. Das kleine Dorf überzeugt als Refugium zum Arbeiten (»Mond, Nebel, Regen erste Qualität«, merkt Schmidt nach der ersten Besichtigung an), obwohl sich Arno und Alice Schmidt mit der bäuerlichen Bevölkerung nicht gemein machen. »Auch im Trinkwasser war, selbst mit bösestem Willen, kein Jauchegeschmack spürbar«, heißt es in der »Akte Bargfeld«, einem ebenso kuriosen wie rührenden Schriftstück, in dem Arno Schmidt die wichtigsten Informationen als Grundlage für den Hauskauf erörterte.[17]

Schmidts erster in Bargfeld geschriebener und auch in einer Art Bargfeld angesiedelter Roman ist *KAFF auch Mare Crisium* (erschienen 1960). Er handelt vom Rückzug auf das Dorf und von einer schwierigen Liebesbeziehung. Die Erkundung, ob die Beschränkungen der Provinz nicht auch eine neue Freiheit ermöglichen, wird mit melancholischem Witz erzählt, der sich nicht mehr, wie in früheren Romanen, nur in den flotten Sentenzen des Erzählers findet, sondern sich aus den Gesprächen zwischen den drei Hauptpersonen ergibt. In diesem Buch entwickelt Schmidt erstmals seine eigene Orthographie, die ihm ein ›mehrstimmiges‹ Schreiben ermöglicht. Eine »Creamhilled« erweckt eben ganz andere Assoziationen als »Kriemhild«. Diese zusätzliche Sprachebene durch Verschreibungen, die Schmidt von nun an in jedem seiner Bücher nutzt, ist ein Quell der unterschwelligen Komik.

An Schmidts eigenwilligem, expressivem Stil arbeiten sich übrigens viele Parodien ab (die oft, ebenso wie die selteneren ernstgemeinten Texte in der

17 *Akte Bargfeld*, in: Supplemente 1 zur BA, S. 337–341, hier S. 338. Alice Schmidt durfte den Überlegungen ihres Mannes zehn eigene Zeilen beigeben.

Schmidt-Nachfolge, erstaunlich unbeholfen wirken). Der andere Gegenstand humoristischer Auseinandersetzung mit Schmidts Werk ist natürlich *Zettel's Traum*. Das Über-Buch, erschienen 1970 als Reproduktion des Typoskripts (weil nicht mehr setzbar), 1330 DIN-A3-Seiten stark, sechs Kilo schwer, in Schmidt-Orthographie und dazu noch in mehreren Spalten verfasst – das ist einfach eine unwiderstehliche Herausforderung für Witze, in denen in der Regel Größe und Schwere des Buches die Pointe tragen müssen. Wie man in diesem Band lesen kann, ist Schmidt selbst bereits während der Niederschrift seines Hauptwerks die Komik, die in der Überdimensionierung steckt, bewusst gewesen.

Einen weiteren Quell der Komik entdeckt Schmidt spät an unvermuteter Stelle: »Endlich, im langsam impotent werdenden Alter, wandelt sich das Schlafzimmer ins pornografische Lachkabinett.«[18] Dieser Einsicht folgend, gewinnt das Werk ab *Zettel's Traum* über *Die Schule der Atheisten* bis zu *Abend mit Goldrand* einen zusätzlichen Schwerpunkt in der wortreich-voyeuristischen Beschreibung von Sexualakten. Lustvoll ist das nicht, und es wirkt überwiegend auch nicht so komisch, wie vielleicht vom Autor intendiert, sondern eher obsessiv. Dass diese bra-

18 *Der Triton mit dem Sonnenschirm*, in: BA II, 3, S. 31–69, hier: S. 60.

chialen und auf die Dauer ermüdenden Stellen sich im Spätwerk Schmidts neben zartesten poetischen Beschreibungen finden, neben ausgeprägt witzigen Dialogen – »Nenn's ›Sürrealismus‹, und komm drunter weck.«[19]

Arno Schmidt stirbt am 3. Juni 1979 im Krankenhaus in Celle an den Folgen eines Schlaganfalls, der ihn drei Tage zuvor an seinem Schreibtisch traf. Den Roman *Julia, oder Die Gemälde* konnte er nicht mehr vollenden. Dass die letzten niedergeschriebenen Worte des manischen Arbeiters Schmidt, der gern von seiner 100-Stunden-Woche sprach, sich ausgerechnet mit der Frage von Faulheit und Fleiß beschäftigen, erscheint wie eine Pointe dieses Schriftstellerlebens: »(Tja, eines der vielen großen Worte Alexander von Humboldt's: ›Sie sind sämtlich faul, Majestät.‹, (als Fr. Wilhelm IV. ihn nach den großen allgemeinen Kennzeichen der Gattung Mensch fragte). / Naja; erhebt sich die Frage: ›Iss Fleiß 'ne Tugend?‹ / (Müßte man erst noch eine andre Frage davorschalten): ›Ist Fleiß für Menschen & Tiere eine einfache (Lebens)Notwendigkeit?‹«[20]

19 *Die Abenteuer der Sylvesternacht*, in: BA I, 3, S. 455–474, hier: S. 464.

20 *Julia, oder Die Gemälde*, in: BA IV, 4, S. 141.

Dass der fleißige Leser, der »Bücherfresser« Schmidt oft und gern zitiert, sehr oft auch ungekennzeichnet, könnte man als Hindernis für eine Blütenlese aus dem Werk wie die hier vorgelegte betrachten. Je sentenzenhafter die Äußerung Schmidts, desto wahrscheinlicher, daß es sich nicht um eine Idee, sondern um eine Lesefrucht des Autors handelt. Napoleons »Die Politik ist das Schicksal!« hat er sich so zu eigen gemacht, dass ich es ohne Skrupel in diesem Band als Überschrift verwende. Das von Schmidt oft benutzte, nicht unwitzige und ihm lange zugeschriebene »Die Welt ist groß genug, daß wir alle darin Unrecht haben können!« stammt eigentlich aus einem Brief von H. G. Wells an James Joyce. Andererseits wurde das (meines Wissens) wirklich von Schmidt ersonnene Hannover-Bonmot »Und was heißt schon New York? Großstadt ist Großstadt; ich war oft genug in Hannover.«[21] in der Presse immer wieder zitiert und dabei mehrfach Kurt Schwitters, schließlich sogar dem Politiker Gerhard Schröder zugeschrieben. Ein Fall von ausgleichender Ungerechtigkeit. Inzwischen ist das Internet groß genug, dass wir alle Zitate darin aufspüren können – wer's mag und sich etwas davon verspricht, soll es versuchen. Allen anderen wünsche ich einfach nur so viel Vergnügen beim Lesen, wie ich bei der Zusammenstellung der Texte hatte: »Aber

21 *Trommler beim Zaren*, in: BA I, 4, S. 129–134, hier: S. 129.

Bücher herausgeben, Nachworte und Anmerkungen zusammenschleudern, gelehrten Wind machen, pfui Teufel – für solche Menschen müßte man wieder den Begriff der ›Unehrlichkeit‹ einführen, wie ihn frühere Jahrhunderte verstanden: daß sie Keiner anfassen mag und sie nur untereinander heiraten dürfen.«[22]

22 *Herrn Dr. Walter Ziesemer*, in: BA III, 3, S. 72–87, hier: S. 85.

I

Sie haben einfach keine Zeit, Kitsch oder auch nur Durchschnittliches zu lesen!

Die Dämmerung graute, und alle Bücher blickten höhnisch auf mich.

Meine Bibliothek mager?: »Das ist heutzutage ne reine Geldfrage! Ich hab schon einmal Alles in Schlesien verloren; jede Anzüglichkeit wäre fehl am Platze.« (Ganz harter OKW=Stil, was?: ›Widerspruch wäre Beleidigung. Belehrung Pein. Worte sind unnütz. Schweigen allein geziemt sich: Peng!‹).

Lesen ist schrecklich!

Wenn ich vom Helden höre, daß er sich zum Denken anschickt: »... er runzelte die Stirn, und preßte streng die Lippen aufeinander ...« – schon fühle ich, wie sich mein Gesicht, vorn, zu der gleichen pensiven Grimasse verformt! Oder: »... ein hochmütiges Lächeln spielte um seinen rechten Mundwinkel ...« – mein Gott, muß ich dabei albern aussehen; denn ich kann nun einmal nicht unsagbar hochmütig lächeln, und schon gar nicht mit dem rechten Mundwinkel für sich; das ist auch so eine Gabe, die mir das Schicksal versagt hat.

Tuschzeichnung von Dieter Asmus

Das muß Vielen so gehen! Morgens, in der Straßenbahn, sieht man deutlich die Verheerungen, die die Schriftsteller unter uns anrichten; wie sie uns ihre Gedankengänge, die verruchtesten Gebärden, aufzwingen. Gestern hob der junge Mensch mir gegenüber – er ist Student an der Technischen Hochschule, und las einen mir übrigens unbekannten ›Tennessee Williams‹ (so hießen in meiner Jugend allenfalls die exotischen Verbrechertypen, ›Alaska=Jim‹ und ›Palisaden=Emil‹!) – also der hob den Kopf, und besah mich mit so unverhüllter Mordgier, daß ich mir davor bebend den Hut tiefer in die Stirn zog; auch eine Station früher ausstieg (beinah wär ich zu spät ins Geschäft gekommen. Wahrscheinlich hatte er mich langsam von unten herauf in Scheiben geschnitten; oder in einen Sack gebunden, und mich von tobsüchtigen Irren mit Bleischuhen zertanzen lassen!).

Setzen wir, daß man vom 5000. Tage an leidlich mit Verstand zu lesen fähig sei; dann hätte man, bei einem green old age von 20 000, demnach rund 15 000 Lesetage zur Verfügung. Nun kommt es natürlich ebenso auf das betreffende Buch, wie auch auf die literarische Aufnahmefähigkeit an. Das Kind schlingt seinen dicklichen MAY=Band in 2 Tagen hinunter (und die schönsten Stellen werden sogar mehrmals genossen); der Mann, tagsüber im Büro, oder hinter Pflug & Schraubstock, druckst, selbst bei bestem Willen, 3 Wochen lang über'm ›WITIKO‹, den ihm ein sinniger Kollege empfahl. Sagen wir, durchschnittlich alle 5 Tage 1 neues Buch – dann ergibt sich der erschreckende Umstand, daß man im Laufe des Lebens nur 3000 Bücher zu lesen vermag! Und selbst wenn man nur 3 Tage für eines benötigte, wären's immer erst arme 5000. Da sollte es doch wahrlich, bei Erwägung der Tatsache, daß es bereits zwischen 10 und 20 Millionen verschiedener Bücher auf unserem Erdrund gibt, sorgfältig auswählen heißen. Ich möchte es noch heilsam=schroffer formulieren:

Sie haben einfach keine Zeit, Kitsch oder auch nur Durchschnittliches zu lesen:

Sie schaffen in Ihrem Leben nicht einmal sämtliche Bände der Hochliteratur!

Wenn ich schon immer Bücher lese, wo 2 Männer um 1 Weib ›kämpfen‹: soll wohl ›primitive Kraft aus Urtiefen‹ oder so sein?: Achduliebergott! Kennen die Leute denn nicht die glasglühenden Leidenschaften des Geistes??:

Ich weiß es selbst: es *ist schwer*, über Bücher, die man nicht kennt, *nicht* zu urteilen; aber Sie müßten sich dazu erziehen.

Freilich, wenn man Geld hätte ...... Ich wüßte es jetzt schon richtig anzuwenden: ein winziges Häuschen in der Heide (achttausend höchstens; nicht wie diese Bausparkassen, die mit Zwanzigtausend um sich werfen, als wär's ein bloßer Silbenfall); im Ställchen eine Isetta; Eintausend erlesene Bücher: einmal in aller Ruhe die ›Insel Felsenburg‹ durchgehen können, den ›Nachsommer‹, oder Lessing von A bis Z;

zur Nacht ein richtiges Bett zum Drinniederlegen (nicht mehr dieses dürre indianerrote Gestelle von Schlafcouch!); nichts mehr ums liebe Brot schreiben zu brauchen, keine ›experimentelle Prosa‹ mehr, keine feinsinnigen ›Essays‹, keine ›Nachtprogramme‹; an Uhren werden nur die lautlosen geduldet, die mit Sand und Sonne, oder höchstens im Korridor eine alte Standuhr, die alle Ewigkeiten, nachdem man vieles und vielfältiges gedacht hat, vor sich hin ›Mnja‹ sagen. Den Mond untergehen sehen, über Wiesen-einsamkeiten, ganz rot würde das silberne Wesen geworden sein, wenn es einsank in Dunstband und Kiefernborte …

Am Abend fiel mir ein: Es müßte Bücher geben mit Leseanweisungen am breiten Rande. (Bei Noten schreibt man ja auch vor: allegro und furioso – –)
Etwa so: Hier ist in einem Haufen nasser goldiger Herbstblätter zu wühlen …
Hier ist ein Stückchen Rinde mit den Lippen zu zerbröckeln …
Darf nur an einem regnerischen Waldbach gelesen werden, an einen Baum gelehnt …
In nassen Kleidern nach einem Sturmgang …
An der Stätte alter Erinnerungen …
Watend, auf gutem Kiesgrund …
Hier ist eine Kerze anzuzünden …
Muß laut gesprochen werden …

Es muß also ein schöner Morgen zu Ende Juni des Jahres 1932 gewesen sein – ich weiß das deshalb so genau, weil ich Oberprimaner war, in Görlitz der Stadt, und eben die großen Ferien begannen. Wir 3 oder 4 literarisch Interessierten der Klasse standen also, die Luft war gelb & blau, in der ›Schulbibliothek‹ – die bestand aus einem Schrank voll bankerotter Bücher, irgendwie zusammengelaufen; und vor uns lehnte, klein=breit und wohlwollend lächelnd, Studienrat Dr.Hasenfelder, der Mathematiklehrer, der aus unerfindlichen Gründen dies Amt zu versehen hatte – es sei denn, daß er ›der Jüngste‹, in Anführungsstrichen, des ›Lehrkörpers‹ war: gehen Sie mir doch mit der ›Freiheit des Willens‹! Er war ein persönlicher Lieblingsschüler Einsteins gewesen – das war damals noch nicht verboten! – und mir arg zugetan; weil ich das brennendste Interesse für nichteuklidische Geometrieen und Lorenztransformationen zeigte (damit bin ich nachher, im Abitur, ›drangekommen‹, und habe männiglich damit verblüfft; damit, und in ›deutsch‹, wo ich den Expressionismus pries – was mich folglich im Frühjahr 33 das ›Sehr Gut‹ im Abschlußzeugnis kostete).

Ich sehe mich also stehen – blutjung; endlos lang; dafür Beine und Hüften, mit denen ich ›durch eines Aldermanns Daumenring schlüpfen‹ konnte; vergeistert & eifrig – neben mir mein Freund, Heinz Jerofsky: jetzt ist er Oberstudiendirektor und Leiter derselben Schule! Wir tragen Jeder in der Hand 1 Mikroskop, das wir uns für die Ferien ausgeliehen haben; und wollen nun eben auch noch ein paar Bücher mitnehmen. –

›Felix Dahn‹?: da kann ich nur frech und abfällig rotzen! Ich habe vorher, in Hamburg, Spanisch gelernt; und lese immerhin den ›Don Quijote‹ in der Ursprache! (Und immer, wie schon erwähnt, vor den hohen Fenstern die Sommerluft, tiefblau & hellgelb: solche Beleuchtungen gibt es heute nicht mehr!).

Ich bückte mich – vielleicht ›wurde gebückt‹; von wem weiß ich nicht – und zog den unteren Schub des altmodischen Schrankes auf: da lagen etwa 10 ausrangierte Bücher, die Kreuz die Quer. Ich griff – und was heißt ›ich‹? Ich betrachte meine adrige rechte Hand »Da sitzt 1 Herr; und ich in ihm: wer aber ist dieser?!« hat Jean Paul erfunden – ich griff also nach dem obersten alten Band. Der war dick, wie Bücher sein sollen; rot=leinen eingebunden; ich schlug ihn auf und las:

»›Die Nacht wird kalt‹, sagte der alte Rudolf, ›Von dem Wetterfähnlein kreischt es herunter; die Eichen fangen zu rauschen an –: lege mehr Holz an den Heerd, Alwin.«

Da war ich hin!: Von dem herrlich ausgewogenen Prosatakt! (Denn es gibt ja nichts schöneres auf der Welt, als 1 gute Seite Prosa!!).

11

Seliger Beruf, wo man sich 60 Stunden um ein einziges Wort mühen kann

»Hâch : 'n Buch=schreibm iss ja Zauberei! –«. / (Sicher : es wäre Zauberey, wenn es rascher ginge.)

(›*The Author's Progress*‹: Reise durchs Land der Substantive. Er verprügelt ein paar beliebte Metaphern. Verben stehen, von Vorsilben starrend, am Grenzwall. Kurzer Bordellaufenthalt bei verbuhlten Adjektiven. Im Reich des Tyrannen Rhythmus; wo Stumme sich durch Trommeln verständigen.)

Keine Zeit mehr zum *Aufstehen & Anziehen:* der Intellektuelle ist gleichgültig gegen Dreck! Fährt früh in 1 Ärmel des Schlafrocks, und stolpert an die Remington.

»*Höchstes Glück der Erdenkinder?*« fragte er haßvoll: »Nennen Sie mir *einen* anständigen Schriftsteller, der gern geschrieben hätte: lieber zeitlebens Scheiße schippen! –: Sind *Sie* Ihrer Individualität noch nie müde geworden?« Ich senkte den Kopf; ich nickte; es ging ihn zwar nischt an, aber: ja. Täglich etwa zweimal. »Na sehen Sie,« sagte er versöhnt.

Solches Zeugs mit Erfolg schreiben kann nämlich *nur Der*, der *selbst* so ganz ›Volk‹ ist, daß ihm gar nichts anderes einfällt, als falsche Ursachen zu knalligsten Wirkungen. Dem selbst nichts ›natürlicher‹ erscheint, als in einem Roman von 4000 Seiten 10 ›vertauschte Kinder‹ anzubringen; 3 ehrwürdige, wahnsinnig gemachte Greise; Gift & Gegengift; edle Räuberhauptmänner, die nur lange Finger machen, um das Nationaleinkommen gerechter zu verteilen; nur morden, um der Justiz unter die trägen Arme zu greifen – und solche Absurditäten vor allem vorgetragen auf Basis eines Wortschatzes, der auf *keinen Fall* mehr als 3000 betragen darf: das ergibt sowohl ›volksnahe‹ Unverdächtigkeit als auch frappante ›Fülle‹.

Sie fragte: »Warum schreibst Du eigentlich noch? – Warum hast Du überhaupt Bücher geschrieben?« (Antwort: Geld verdienen. Worte meine einzigen Kenntnisse. »Das ist nicht wahr!« sagte sie empört. Habs anders versucht. Auch: es macht mir Vergnügen, Naturbilder, Situationen, in Worten zu fixieren, und kurze Geschichten so durchzukneten).

Sie pfiff den Marsch der finnländischen Reiterei: püpüpi: püpüpi: püpüpüperüpüpü (og frihet gar ut fra den ljugande pol); sie sagte gerunzelt: »Also niemals für Leser, wie? Nie irgendeine propagandistische oder ›sittliche‹ Aufgabe gefühlt?«

Robert Miltenburger: Der junge Arno Schmidt

»Für Leser?« fragte ich zutiefst erstaunt; auch die ›sittliche Aufgabe‹ war mir neu. »Ich meinte ja auch bloß –« besänftigte sie, bohrte aber sanft weiter: »aber sag mal: – ?«. »Ich hab immer begeistert Wieland gelesen: Poe, Hoffmann, Cervantes, Lessing, Tieck, Cooper, Jean Paul – das hab ich mir manchmal vorgestellt: ob die mit meinen Sachen zufrieden wären, oder Alfred Döblin und Johannes Schmidt. Aber allgemein ›Leser‹?? – Nee!!« (Sowas kenn ich nicht).

In einer selbst bei Deutschen auffälligen Einmütigkeit hat die Kritik mir sattsam nachgewiesen, daß ich besser daran täte, keine Bücher mehr zu schreiben. Die Gegner bescheinigen mir mit dürren Worten, ich sei a) Gotteslästerer, b) Landesverräter, c) mein Talent so groß, daß, wenn man es in einen Straßenbahnfahrschein wickele, es zum Knipsloch herausfiele.

Schon Edgar Poe hat sich tiefsinnig darüber gewundert, und es mit zahlreichen Beispielen belegt, wie gerade die Autoren von großem Ruf es sind, die alte, rare und vergessene Bücher plündern, und hat auch eine Erklärung des so befremdlichen Umstandes versucht. Das wahre Motiv zu der nicht wegzuläugnenden ernüchternden Tatsache scheint dies zu sein:

selbst die größte sprachliche Kraft, die übermenschlichste Imagination, sind nach Vollendung eines Kunstwerkes leergeschöpft (das geht soweit, daß man »danach« ausgelaugt dasitzt, und die einfachsten Ausdrücke nicht mehr findet!). Nun sind aber immer Nebenpartien noch unausgeführt; einzelne kleine dumme Lücken zu schließen: offen lassen erträgt das Publikum nicht; vor gleichgültiger Füllung schämt man sich, eitel=erschöpft, selbst; rasch vollendet muß das Buch werden: denn man muß ja wie gejagt schreiben, um nicht zu verhungern – und da »nimmt« denn selbst der renommierte Autor seufzend irgendeinen vergessenen, wenn möglich nur ihm bekannten Alten, rutscht mit stumpfen Augen (die schlafen möchten) über die Seiten, und zieht ihm einige Federn aus – so: wieder n Ding fertig!

Das ist nämlich *auch* so ein volkstümlicher Irrtum, daß ein Autor keine angenehmere Erholung kenne, als in einer Freistunde seine eigenen Werke lächelnd und wohlgefällig nickend zur Hand zu nehmen!

»Was wolltest denn Du mit'm ›Double‹?« erkundigte ich mich erstaunt. Dann fielen mir allerdings einige geschäftliche Möglichkeiten ein; wenn auch längst nicht so viele (und raffinierte) wie Peter sogleich skizzierte – je nun, er war schließlich Dichter, und hatte mehr Fantasie als wir Anderen zu haben.

: »Man könnte an 2 Stellen zugleich ›aus eigenen Werken‹ lesen; stellt Euch das vor: doppelte Einnahmen! / Im Kampf mit Verlegern, wenn man um günstige Verträge säuft: man könnte sich ablösen dabei; und auf die Art vielleicht doch ma obsiegen. / Die dollsten Dinger könnte man drehen: immer hätte ja das ›Alibi‹ friedlich daheim gesessen; Nachbar May könnte's notfalls beschwören. / Falls man, wegen irgend 'ner ›Majestätsbeleidigung‹, ma eingezogen würde, könnte ›der Andere‹ für Ein'n sitzen gehen ... wie?«

Sie »thronen? Göttern gleich?«, die »Großen unserer klassischen Zeit«?: welch widerliche Vereinfachung und Verniedlichung von ›Künstlers Erdenwallen‹! – Dabei ist es unsäglich wichtig; und belehrend für jeden Nachstrebenden; und *gar* keine ›Klatschsucht‹; wenn man düster verfolgt: wie Der sich auf Schulen herumhungern mußte, und anschließend zeitlebens in der Lotterie spielte, um vielleicht *doch* einmal die tausend Thaler zu gewinnen, die er brauchte, um während der Niederschrift seines nächsten Buches die Drei Notwendigen, Kaffee Schnaps Papier, kaufen zu können – heute kommen noch Schreibmaschine Aspirin und Schlaftabletten dazu.

Was ZETTELS TRAUM anbelangt, so sind 2.000 Seiten fertig, (dh im Rohentwurf; der aber notfalls auch schon einen recht leidlichen Begriff gäbe, (ich hab ihn ziemlich sorgfältig durchgeackert)); da er jedoch im Ganzen 5.000 bekommen wird, sind noch weitere 2 Jahre nötig. (Und dann noch womöglich eine ›Reinschrift‹!). Überdem werden unlängst (fürcht ich!) auch wieder Brotarbeiten einzuschalten sein; (war's doch ohnehin wunders genug, daß ich anderthalb Jahre so pausenlos daran schuften durfte) – man schwâfelt so gern & viel von buddhistischer Ascese oder Acta Sanctorum plus Thebaischer Wüste : ich glaube immer ›zwei Jahre Bargfeld & Arbeit an ZT‹ würden selbst dem rindsledernsten Heiligen zu denken geben. (Zumal ich – im krassen Gegensatz zu Ihrer wohlwollenden Prognose – mit nichten der Hoffnung lebe, ich würde nun, mit diesem Werk in der Hand, endgültig den Gipfel des Parnaß usw.; (was allein rein technisch unmöglich ist; wird mein Büchlein doch, (wie Krawehl jüngst, besorgt, errechnete), 25 Pfund wiegen : wir haben vor, es mit Tragriemen binden zu lassen, und den größten Teil der Auflage unserer Bundeswehr, für Gepäckmärsche, zu offerieren); immerhin, Sie sehen, eine gewisse Einzigartigkeit ist fast schon garantiert). – Genug der Witze: lieber wieder ruff uff de Galeere ! –; / (die größte Hexe, die ich kenne, heißt AUSDAUER!). –

Hier Stimmengemurmel?: Sie nickte: »Kombinat 8 erfüllt sein Romansoll.« Und, etwas leiser: »Sie sind im Rückstand. Neblagonadezhni.« / Ich fragte nicht, was das kalte Geschalle bedeute; wohl aber bat ich: »Könnten wir mal reinsehen?«

»Ich frage.« – Sie verschwand. (Da wurde es kurze Zeit still da drinnen. – Dann setzte aber wieder die Stimme ein, die Zwischenrufe erfolgten erneut; und Jelena winkte aus der geöffneten Tür):

Im Konferenzzimmer (so sah es nämlich ungefähr aus: ein langer hufeisenförmiger Tisch. Obenan, neben einer Geschwindschreiberin, ein spitzbärtiger kräftiger Herr. Auf jeder Außenseite 4 angespannt lauschende Dichter; also 8, davon 3 Frauen). / Wir blieben bescheiden an der Tür stehen; ich bückte Jelena mein Ohr hin, und sie flüsterte machtvoll, aus breiter Brust, die Übersetzung. (In solchen Fällen ist fast keine bewußte Täuschung möglich: *so* schnell lügen kann kaum Jemand aus dem Stegreif; zumal in einer fremden Sprache.) / Zwischendurch auch hastige Erklärungen auf Fragen: der Roman spielte in einem Kaufhaus: das fing soeben, gegen Ende, und symbolisch genug, an, zu brennen! – Der Spitzbart vorne ballte die Faust – (er war der eigentliche, für die Konstruktion verantwortliche Mann) – und las vor:

›*Er taumelte zur Tür herein,* und bemerkte .....‹: »Halt! Njät! Nein! Irrsinn!« brandete es sofort von allen Seiten. Die junge Dame mit den schwarzen Ponies sprang auf, sie schrie: »Unmöglich!: Wenn er ›taumelt‹, ist es Hundstagstollheit, von einer ›Bemerkung‹ zu reden! Der *›schreit‹* allenfalls: ›keucht‹, ›brüllt‹, ä= …« (ihre Finger taschenspielerten in der Luft nach weiteren Möglichkeiten.) / »Röchelt?« schlug Einer vor; und sein Nebenmann probierte es gedankenvoll: »Rö=chällt –«. / »*Was* hat er denn zu bemerken?« fragte ein Besonnener; aber die Ponies schnellten schon wieder hoch: »Nicht! Ich kann das Wort nicht mehr hören!« »Abärr waruum?« fragte der Ruhige erstaunt dazwischen. – Da sagte sie es ihm denn anscheinend: daß sie nicht unbeobachtet wären. Und sei's nur von einem Stummen Hunde, der das Wort nicht hätte! (Dies letztere erriet ich natürlich nur, aus ihren Kleingebärden, und 1 wütenden Guck: !). / »Lassen Sie uns wieder gehen; ich möchte auf keinen Fall stören.« /

Jeder Schriftsteller sollte die Nessel Wirklichkeit fest anfassen; und uns Alles zeigen: die schwarze schmierige Wurzel; den giftgrünen Natternstengel; die prahlende Blume(nbüchse). Und die Feuerwehrleute, die geistigen Eckensteher, die Kritiker, sollten ihr Nestelknüpfen gegen die Dichter nur unterlassen, und mal selbst was »Feinsinniges« produzieren: da würde die Welt ganz schön Hallo brüllen! Natürlich ist die Poesie, wie jede andere große Schöne, von der entsprechenden Zahl Verschnittener umgeben; aber: das sind die rechten Mohren, die sich über die schwarzen Flecke in der Sonne freuen! (Alles Rezensenten ins Stammbuch).

Zahlreiche Zeitungsartikel. (Wenn ich das Handwerk noch lange treibe, sage ich auch bald für ›Japan‹ ›fernöstliches Inselreich‹!)

Und Gott strafe die Journalisten, ich bleibe dabei: wenn wir Menschen uns betrüben: schon wieder ein Krieg, wieder Verstümmelte und Flüchtlinge! Da krähen und lüsteln die: »Schüsse am 38. Breitengrad!«; allein für die Formulierung gebührt ihnen Entmannung! – Pfui Deubel!

Man gewöhne sich daran, Ansichten, auch politische, literarische Urteile etc., für nicht mehr zu nehmen, als sie sind: Meinungen des Verfassers: jeder Leser kann seine eigene haben, s'il vous plaît! Es ist »an sich« völlig gleich, ob der Dichter Stalin preist oder Eisenhower, Homer oder Karl May (den letzten christlichen Großmystiker nebenbei!), Heiligen= oder Mammutknochen (was sogar nicht einmal immer voneinander verschieden ist, vgl. Othenio Abel): entscheidend für den dichterischen und den Lehrwert sind an sich nur Form und Sprache!

Solange die Staaten ihren Dichtern nicht eine Monatsrente von, je nach Bedeutung, 500 bis 1000 Mark ›auswerfen‹: solange ist es eine *Unverschämtheit*, vom Dichter zu verlangen, daß er im Dachkämmerlein seinen Hungerödemen erliegen solle – während jeder, nicht nur ›Glücksritter‹, sondern Mittelständler, sich in Eigenheim & Borgward wiegt.

HUNDSTAGSSPAZIERGANG:

1) Auf Kankerstelzen aus Licht
der kleingeschnürte Sonnenleib
über der Landschaft: »Du mußt nicht jedes
Arschloch
grüßen, Liebste.« (Zur weiteren Begründung:
»Über dem schleimigreglosen Mund
hätte er auch besser n Zwickel getragen:
warum wird sowas nich von staatswegen
verordnet?:
›Daß ab 60 Jeder
ne Maske zu tragen hat‹? Würde doch ganze
Industriezweige

neu schaffen!« / Bei Gelegenheit mal weiter aus
bauen).

2) Zu einer Schnecke ohne Haus: »Na Schneck?!«;
zu einer Schnecke mit Haus: »Nun, Herr Schneck?«
(Das Wurmpaar ihrer Lippen, fuchsrot, krümmte
sich mehrmals über seinen weißen Platz).

3) Im Fenster am Weg:
a) 1 hakiges Gesicht; raucht
ein' Zigarrenpflock in der Pfeife.
b) Ostzonensender: zarte Kinderstimmen
singen: ›Den Hetzern die Faust ins Gesicht‹.
c) Unsere ersten Wehrgesetze beschlossen:
»'t will make a holiday in hell!«.

4) Säbelbüschel über den Wirrköpfen: noch
harrten die Weiden des Startblitz'
(Christen beten bei Gewitter zum Großen
Kapitain).
(Wenn Pflanzen schreien könnten,
wär' alles voller Geheul: also hat Gott
auch das wieder weise eingerichtet: was'n großer
Mann!!)

5) Gigerl, junge; Geckinnen; Stücke von Traktoren-
reifen unter den Sohlen;
an jedem Gesicht
nur der Latz des Halses. (Sonst der Körper
ganz in Pflanzenfarben und =formen verkleidet,
Korbblütler und feiste Stämme; die Fransen der
Hände; zu weit weg:

Kästchen der Füße=Schuhe. –: »Warstú
früher im Wandervogel?«: »Pas si bête.«)

6) Erstarren. Ein Rotausgespanntes.
Am Baum. »Eichhorn« –: Rascheldarin.

7) Sie eilte gekonnt voraus, und ließ
einen Fortz von widerwärtigem Klang;
(dennoch klebte
auf dem Seifenstück heute früh
ein langes Haar ihre Hexenschlinge.
Sie spülte
meinen Schweiß von den Läppchen ihrer Brust).
Jetzt
war der Himmel schon ganz schwarz.

8) (Als Gedicht geschrieben – obwohl
es nur ordentliche Prosa ist –:
weil es dann mehr einbringt! Schmidt.)

III

Ein Blick zu den Herren Kollegen

Nennen Sie mir den Schriftsteller,
von dessen Gedrucktem wir nicht
der Hälfte entraten könnten!

Nobelpreis für Literatur?!: »Ein Journalist ausgesprochenen Mittelmaaßes: nicht mehr, Herr! – Machen Sie sich doch von dem Vorurteil frei, daß jenes – unbestreitbar angelsächsisch=französisch orientierte – Gremium in Stockholm etwas von Dichtung verstünde! Iss doch klar: ein Ausländer *kann* grundsätzlich nur die gut übersetzbare fremde Literatur würdigen; die eigentlichen großen Sprachkünstler und fruchtbaren Experimentatoren sind ihnen unzugänglich; meist sogar unbekannt!«

»Ach, Du liebes Bißchen!: Wer imstande war, Scienkiewicz, Paul Heyse, Winston Churchill, den Preis zu verleihen: und Rilke, Theodor Däubler, Döblin, Jahnn, zu übergehen (von August Stramm, Kafka, Trakl ganz zu schweigen): der hat kein Anrecht mehr darauf, ernst genommen zu werden! Seitdem man sich dort die eigene Ignoranz derart offiziell zu bescheinigen pflegt, lehnt jeder wirkliche Dichter, der n Bissel was auf sich hält, dieses Stigma der Mittelmäßigkeit ab!«

Robert Gernhardt: 1 Versuch, 1 Buch von Arnc

ein Ziel gibt seinem Leben Sinn:

Sitara – und der Weg dorthin.

Schmidt auf 4 Zeilen und 4 Bilder zu komprimieren

»Ach Thomasmann, Thomasmann!!: Sind Sie sich klar darüber, Herr Doktor, daß Jener, – anerkennenswert freien Geistes: siehe seine tapfer geäußerten Ansichten über Marxismus, etc. – den Preis *heute* von den auch politisch=weltanschaulich nichts weniger als neutralen Herren *auf keinen Fall* mehr bekommen würde?!«

So weit war ich noch nich mit'n Nerven runter wie KAFKA, der sich vor jeder verschlossenen Tür einmachte, weil womöglich was dahinter sein könnte.

An Hermann Hesse *– 22.5.50*

Sehr geehrter Herr Hesse !

ROWOHLT sandte mir Ihre Beurteilung : Schade ! Sie ist bedauerlich flach.

Auf das Wort »Weltkatzenjammer« hat schon NIETZSCHE dem D.F. STRAUSS die rechte Antwort gegeben. – Meine Liebe zur Mathematik ist nicht »kokett betont« : ich habe das Fach studiert, jahrelang als Geodät gearbeitet, und eine 500 Seiten lange Logarithmentafel hergestellt; »fachsimpeln« hätten Sie verantworten können. – Statt »HIOB« wäre besser »HOBBES« zitiert worden; eine biblische Autorität genügt. – »Jung und schnodderig« : habe mokant gelächelt : ich bin nämlich schon 40 durch. – u.sow. –

Sie wissen aus meinen früheren Schreiben, daß Sie mit dem »STEPPENWOLF« einer der Götter meiner Jugend waren ; ich hoffte, daß Sie das Lehrgebäude des LEVIATHAN nicht mit dem schnodderigen *bidamag buden* abtun könnten. Schade.

Als Gegengabe will ich Ihnen mein Urteil über Ihr Werk senden : Ein begabter Dichter; reich und faltig. Zweierlei fehlt ihm : naturwissenschaftliche Kenntnisse (oder doch deren Einwirkung und Auswertung), und das Erlebnis folgender Urphänomene : Soldat sein müssen, Krieg, Kriegsgefangenschaft, Hunger. Also kennt er ausreichend nur die friedlichere Seite des Menschen. Ein Glücklicher. Dies bezeichnet seine Stellung in unserer Literatur : »die Stimme eines Sängers die zwar keinen großen Umfang hat und nur wenige Töne enthält, aber diese gut und vom schönsten Wohlklange.«

(Ich halte mich für keinen Kammersänger ; aber Leute über 40 bekommen in Deutschland keine Arbeit mehr, werden also zwangsläufig Autoren. – : ich wüßte mir Besseres !)

Ich habe Ihnen noch nicht für ihre letzte Mitteilung vom Februar gedankt, daß Sie gegen 8 Uhr aus dem kühlen Nebenzimmer ihr Abendessen zu holen pflegen : ein Töpfchen Joghurt und eine Banane. – Bei uns sind die Wolken noch heut wie Brandmale.

Ich verbleibe mit tiefer Ehrerbietung für HARRY HALLER (der mich wohl anders angesehen hätte)

Ihr

sehr ergebener

Arno Schmidt.

Alfred Döblin 75 Jahre: Messieurs, wir erheben uns von den Plätzen! Wie kann sich ein Volk bloß einbilden, ein Dichter wäre ›sein‹!: da müßten sie ihn zu Lebzeiten nich so traktieren! Was hilft es nach dem Tode Dem, der dann unterm Hügel liegt, und der wohl noch Trefflicheres hätte leisten können, hätte man den Lebenden mehr ermuntert – ach was ›ermuntert‹: Hätte man ihm nur Gerechtigkeit widerfahren lassen!! Neenee: geht mir weg mit dem Volk!

C. *(entrüstet):* Sind Genies bei Landesvätern *nicht* beliebt?

B. *(düster):* Nee. Nie.

A. *(abgeklärt):* Sagen Wir *so:* erstens sind es nie perfekte Untergebene. Und zweitens verstand man zur ›Geniezeit‹ etwas leicht=anderes darunter: wenn Sie sich die damaligen ›Twens‹, ob GOETHE LENZ HERZOG CARL=AUGUST undsoweiter, samt Deren Affenstreichen, vergegenwärtigen; dazu LESSING's Erklärung: »Wer mich ins Gesicht ›Genie‹ nennt:

Dem hau ich eine rein!« – dann wird Ihnen klar werden, wie man damals ›Genie‹ für *das* sagte, was Wir=heut einen ›Beatle‹ nennen.

Wenn durch irgendeine Katastrofe, Sintflut oder Atombombe oder beides kombiniert, alle Bücher untergingen, die deutschsprachigen ausgenommen: Was für ein Bild, welche Karikatur, würde der Nachwelt nicht von James Joyce überliefert werden!

Heinrich Heine: Sehr nett zu lesen (sehr nett zu vergessen). Hätte er nur einen Band – nach Maßgabe meiner vierbändigen Ausgabe – geschrieben, wäre er ein großer Mann gewesen: aber das erlaubte die finanzielle Misere keinem Schriftsteller: jeder mußte aus Not zum Zuhälter der Muse werden.

Schopenhauer, der Philosoph, weiß es genau: »Herder hat in der Regel drei Worte gebraucht, wo er mit einem hätte auskommen können.« – wozu wir heute nur anmerken können: oh, hätte er doch immer neun Worte gewählt, dann hätten wir doch wenigstens dreimal soviel von ihm wie die große Suphansche Gesamtausgabe!

Setzen Sie sich doch *hin*; und *beweisen* Sie mir's, daß man den ›Messias‹ Wort für Wort lesen, *und* Gefallen daran finden kann! Es würde Ihnen wie allen den zitierten – für dichterische Schönheiten doch weißgott empfindlichen! – Gewährsmännern gehen: Sie werden *so* lange von der elenden Hauptgeschichte gestört, bis – ab und zu – eine Episode anfängt: *die* ist dann allenfalls historisch zu lesen, d.h. im Zusammenhange der Entwicklung der deutschen Dichtung. Aber, verlassen Sie sich getrost darauf!: spätestens in der zweiten Hälfte des wässrigen Hin= und Hergeschwappes würden Ihnen die briefträgerhaft fliegenden Serafe – die beständig »den tieferen Gedanken denken« – zuviel werden. Samt dem ewigen Geflenne und Gestaune völlig schief gesehener Urchristen, dem »Aufdanken und Niederbeten« frisch Auferstandener.

Sie ließen sich ja schließlich *auch* nicht absichtlich 3 Wochen vorher den Bart stehen, und kämen in Unterhosen zu Hermann Hesse. Und wenn er Sie fragte, ob Sie den ›Steppenwolf‹ kennten, würden Sie wohl *auch* nicht rüde erwidern: ›Nö, ich komm' kaum ins Kino!‹; sondern Sie würden zuvor, körperlich wie geistig, fein säuberlich ›Toilette machen‹!

Es gibt nichts Verächtlicheres als Journalisten, die ihren Beruf lieben (Rechtsanwälte natürlich noch!).

Wieland ist mein größtes formales Erlebnis neben August Stramm! (Und was könnte man erst über seine Verserzählungen sagen, tolle lege; aber da finge ein neuer Hymnus an: Nimm und lern!)

Großer Mann der Ludwig Tieck (Und wie steifbeinig-altklug dagegen Goethes »anständige« Geheimratsprosa: der hat nie eine Ahnung davon gehabt, daß Prosa eine Kunstform sein könnte; man kann über die gravitätische Stümperei der »Novelle« z. B. nur lachen!)

16^{30}–22^{30} Wollschläger: 1.73, dürr, 23, sehr hinfällig + überzüchtet; junger Mensch mit vielen Plänen; nicht unsympathisch (aber sympathisch eben auch nicht!). Ich schenke ihm eine Anzahl meiner Bücher; er verspricht intime May=Materialien dafür.

Was würd ich mit 10 000 Mark machen?!: 8 Morgen Wald und Haide im Kreis Fallingbostel kaufen; und n soliden Stacheldrahtzaun rum, d. h. also 7 Morgen (denn solche Zäune sind teuer!), also dann ungefähr 100×170 Meter, besser wie nischt! – Oder Albert Ehrenstein neu drucken lassen.

Mich interessiert *nicht*, ob von May bisher 13 Millionen Bände verkauft wurden: *das* ist ein Merkmal, das er sowohl mit dem größten Schöps als auch dem größten Genius gemeinsam hat! Mich interessiert *nicht*, ob er die exotischen Länder, die er so ausgiebig beschrieb, tatsächlich mit Leibesaugen gesehen hat – Schiller war auch nie in der Schweiz : und *wie* wimmelt es im Tell von Lawinen und Alphörnern!

An sich ein beträchtlicher Einwand gegen einen Autor, daß *Regierende* ihn mögen: Die haben ja *keine Ahnung* von Literatur!

Der ›Tieck‹, den Ihnen der Gauner aus spezieller übergroßer güete und barmhertzekeit, anbot, ist ein einziger großer Schwindel! : Unvollständig bis dorthinaus; und überdem der *berüchtigte wiener Nachdruck!* Mehrfach von der k. u. k. Zensur kastriert, und von Druckfehlern wimmelnd! Solch einem wichtigtuerischen Ganoven müßte man, noch ehe er ausgesprochen hätte, mit der Faust in den Rachen fahren, sich die Zunge drum wickeln, und den Kerl umstülpen wie einen alten Handschuh! – ›Mir ist was wild zumut!‹

Hegel sah aus wie ein Bierbrauer; Jean Paul wie ein schläfriger fetter Pächter; Voltaire wurde je älter desto affenähnlicher – aber vielleicht wär' es ja auch zuviel: klug *und* gleichzeitig schön zu sein?

Zu beseitigen sind Fiktionen, wie etwa die uns noch immer krampfhaft suggerierte, allenfalls den unteren Volksschulklassen anständige: daß ›Unsre Unsterblichen‹ dort in Weimar ein Leben wie in Elysium geführt hätten – elegant; geistreich; in ›vornehmer Geselligkeit‹; im ›anregendsten Gedankenaustausch‹. Die Wahrheit klingt schrillend anders: *es muß über alle Maaßen entsetzlich gewesen sein, in Weimar zu leben!*

Schriftsteller sollte man nie persönlich kennenlernen!

Stell'n Sie sich ma vor: ›STIFTER, ›Nachsommer‹, Deutsch von Arno Schmidt‹ – capitaler Einfall; ich lach' jetz schon!

18–22 Rühmkorf: 175 groß; engbrüstig; Brille u. Judennase; ab und zu ein Kirchhofshusten. Trinkt & raucht gut. Und gute Gesinnung. Was er kann, wird sich zeigen, wenn er den 3. Roman vorlegt. (In den Gedichten ist manches Gute).

Wie wundervoll seufzt es nicht: »Nur wer die Sehnsucht kennt, weiß, was ich leide!« und unmittelbar daneben steht dann aufs Bestürzendste die hinzugereimte Plattheit: »Es schaudert mir, es brennt mein Eingeweide«! Ein Reim, allenfalls einem Metzger verzeihlich; aber in Verbindung mit dem Vorhergegangenen einfach unerträglich; ob es von Goethe ist, oder nicht! (Und wie wundervoll einheitlich liest sich dagegen der ›Schwager Kronos‹, oder die ›Harzreise im Winter‹; vom kaskadenhaft murmelnden ›Gesang der Geister über den Wassern‹ noch ganz zu schweigen!).

Überdem schätze ich Adorno nicht derart maßlos, wie die Meisten Augenverdreher – was nicht verhindert, daß er ein bedeutender Mann sein mag.

Stellen S'ich ma Hölderlin als Rekrut auf m Kasernenhof vor! (Oder Faust; oder ETA Hoffmann: warum hat wohl Herder stets, abscheugeschüttelt, vom ›Roten Halsband‹ gesprochen, das ihm schon in die Wiege gelegt worden war? Warum hat Chamisso den edlen Wehrdienst ein ›Métier‹ genannt, ›das Herz und Geist vertrocknen macht‹?!)

Grundsätzlich wählt Stifter von 2 möglichen Formulierungen die *längere*. Er erläßt uns kein Dativ=›e‹; keine Elefantiasis seiner schwerfällig watschelnden ›derselbe, dieselbe, dasselbe‹. Das barbarische Gestammel seiner gemästeten Nebensätze! Die manierierte Einfältigkeit, die, um eine entscheidende Spur zu oft, an selbstauferlegten Schwachsinn grenzt!: ›Selbstauferlegt‹, weil er sehr wohl anders *kann*!

Vor Büchern (wieder zu Hause; noch ne Stunde Zeit bis zum Kientopp). Balzac, Balzac: kein Dichter; kein Verhältnis zur Natur (das wichtigste Kriterium!). Nur alle 20 Seiten einmal etwas wirklich Gutes, eine präzise Formulierung, ein suggestives Bild, eine Initialzündung der Fantasie. Wie lächerlich z.B. seine ewigen, 2 unbeholfene Druckseiten langen, Beschreibungen von den Boudoirs der Haute Volée!: vermag Einer die Scherben solch unsinnigen Puzzle-Spiels zusammenzusetzen? Und so oft Gestalten, Motive, Situationen wiederholt, wie nur je ein Vielschreiber.

Männer gelingen ihm nie; nur Incroyables, Geizhälse, Journalisten, giftmischende Portiers (wie wohltuend dagegen selbst Cooper und Scott). Seine Frauen: Kurtisanen oder Mauerblümchen. Psychologie??: o mei!!: den einzigen ›Anton Reiser‹ geb ich nicht für Balzac und Zola zusammen!

Allerdings die neuen BlutundBoden-Schmierer: dagegen ist B. ja nun noch ein Gott! Zum Beispiel hier die Anpreisungen im Umschlag:

»der bestrickende Scharm des Anspruchslosen« (wenn die totale Versimpelung nicht mehr geleugnet werden kann!),

»ein männliches und offenes Buch« (wenn der Autor mühsam und verlegen sein bißchen Unterleib vorschiebt!),

»das endlich eine lang vorhandene Lücke schließt« (wenn die Fabel zufällig mal nicht von Homer, sondern erst von Hesiod datiert!);

und ich streichelte liebevoll meine alte Pauly'sche »Realencyklopädie der klassischen Altertumswissenschaften«.

Von neuen Dichtern: es ist ja so selten, daß ein Mensch spitz kriegt, ob am Horizont ein Bürofenster glimmt, oder ob dort ein großes Gestirn aufgehen will. (Und wenns dann oben kreist, liegen sie in ihren verhangenen Alkoven, und röcheln, und träumen von eisbeinigem Sekretärinnenfett; oder daß sie s Abitur nicht bestanden hätten): für wen schreiben Dichter eigentlich? Für den Hunderttausendsten ihresgleichen? (Denn die Zehntausendsten, die ja allenfalls auch in Frage kämen, finden den Zeitgenossen ja nicht, und sind bestenfalls erst bei Stifter). – Nee!: Schriftsteller möcht ich nich sein! (Und ›Nationaler Kitsch‹ ist weißer Schimmel: national ist immer Kitsch!).

Daß Schiller heute, bei uns, der gesuchteste Drehbuchautor für Mord= und Räubergeschichten wäre, kann doch nur ein Denkfauler oder ein Germanist abstreiten.

Lassen Sie mich nur darauf hinweisen, daß sich merkwürdigerweise so manche »unserer« großen lebenden Dichter etwa in der Schweiz aufhalten: Hermann Hesse und Thomas Mann: warum, um Himmels willen, nehmen sie ihren Wohnsitz nicht am Brunnquell heutiger Kultur, in Bonn?! Alfred Döblin, der größte Prosabildner der Jahre zwischen den Kriegen, kehrte 45 nach Deutschland zurück – und ging bereits ernüchtert wieder in seine Wahlheimat, Paris: »Die (Die Deutschen!) können nur Adenauer wählen.« Vor wenigen Wochen starb Albert Einstein: in Deutschland?? Heinrich Mann: wie dankte man ihm? Ehrenstein, der große Expressionist, »Kimpink«, starb arm und vergessen in New York. Genug. –

Aber es kann ja nicht Jeder ›Sechs Fuß hoch aufgeschossen, / ein Kriegsgott anzuschaun‹ sein: die Literatur hat andere Maßstäbe für Tauglichkeit, als die SS!

Achduliebezeit! – ›Realistische Verbrecherwelten‹ finden Sie nicht einmal beim – in dieser Beziehung zu Recht berühmteren – Dostojewski: selbst der nur mittelmäßig erfahrene Polizeibeamte in irgendeinem ›Sankt Pauli‹ oder ›Harlem‹ weiß, und erfährt täglich, Komplizierteres und Übelriechenderes bezüglich ›Schuld & Sühne‹.

(GOETHE's barbarisches Verhältnis zur Musik – (Jahrb. d. G.=Gesellschaft, 3, S. 275 ff.) – es gibt doch wirklich nichts Wahnsinnigeres als die Art, wie der Kerl seinen eig'nen ›Faust‹ zur Sau gemacht hat! Selbst wenn er's für einen Mozart getan hätte, hätt' man noch schreien müssen!; aber für Würstchen wie einen ›Karl Eberwein‹, oder diesen komischen ›Fürsten Radziwill‹! Man muß sich das ja vorstellen, wenn er – nach Faust's Worten, ›so mag es bei der Fratze bleiben‹ – nun ›Chöre‹ dran=kleistert: ›Wird er schreiben?: Er wird schreiben.: Er wird nicht schreiben. –: Er wird schreiben. –: Und wird er schreiben? –: Ja, er wird schreiben. –: Er wird nicht schreiben. Nicht!

Nein, nein! –: Blut ist ein ganz besondrer Saft, wirkend im Innern Kraft aus Kraft. Reißt ihm die Wunde rasch nach außen, draußen wird er wilde, wilder haußen.‹; (und dann erst spricht Mephisto sein bekanntes: ›Blut ist ein ganz besondrer Saft …‹ usw.). – Sind 3 (?) Möglichkeiten: entweder ›weils n Fürscht war!‹, (für sowas gab's bei G. ja kein'n Widerstand), & gleichzeitich die Entfremdung gegenüber einem so=frühen Stück groß geworden war. Oder aber daß ›Die Musik‹, mit all=ihrer Verschwommenheit & Leicht=Schnell=Fertigkeit, den schönst=präzisesten Dichter ›verderben‹ kann … (?)

Sogenannte ›Historische Romane‹ schreibt nur der literarische Schwätzer.

Wie es einen Abend an die Korridortür klopfte, »Heinrich Böll mein Name.«. Wie man sich setzte – eine Aussprache hat der Mann: wenn man die Augen zudrückt, glaubt man, neben Adenauer zu sitzen; machte ich sie also lieber wieder auf – und, in Ermanglung literarischer Berührungspunkte von Irland anhub: schönes Land, grün und billig; ständig Tiefs; nur leider hochkatholisch. Er will sich erkundigen, was so ein kleines Cottage an Miete kostet. (Und war auch vom ›Steinherz‹ begeistert; und macht die

Großrezension für Texte & Zeichen: ist doch allerhand, wenn man sein hochkirchliches Gemüt in Erwägung zieht?!).

Am 27. Januar 1799 sitzt Jean Paul mit Wieland, Schiller, Herder und Goethe am Tisch – welch eine Tafelrunde; wer würde nicht ein Jahr seines Lebens für einen Platz dabei geben! –

IV

Und die Landschaft scharf im Auge behalten

Das Verläßlichste sind Naturschönheiten. Dann Bücher; dann Braten mit Sauerkraut. Alles andre wechselt und gaukelt.

Beim Hinuntersteigen: (und der Sonnenpfau prahlte am Himmel) die weiten Horizonte, waldumkränzt, meilenfern: Menschen im Fernrohr: ein Ideal: man sieht sie wohl, aber hört, riecht, fühlt sie nicht. (Die Lautlosen, Bungelosen, Stillen.)

Fledermausstunde I (abends ist II) und die Klexographien der Bäume. Das blasse Katzenauge des Mondes zwinkerte noch hinterm Schornstein, ansonsten prächtig klar und leer. Trotz der Müdigkeit war mir recht flott und akimbo im Gemüt, und ich fing an, aber bürgerlich rücksichtsvoll und nur mir hörbar, zu flöten, Girl of the Golden West, cantabit vacuus, wer müßig geht, hat gut pfeifen; als Scherenschnitt mit Aktentasche in einer Scherenschnittwelt.

Aber draußen: Himmel aus Porzellan: weiße Bauchigkeiten, blaues Wischtuch; und hier unten zog es durch die dünnen Sträucher, als ständen rundherum Türen offen (daß das Hemd vor der Brust flatterte, und mein graues Haar begeistert aufsprang). Dabei wars durchaus noch Beamtenland: Telefonmasten eskortierten alle Straßen, machten steif die Kurven mit, sämtlich tiefbraun uniformiert und linealen: die ruhen nicht eher, als bis jeder Quadratmeter oben mit Draht überspannt und unten mit Rohrleitungen versehen ist!

Oh ja, verschneite Wiesenweiten, fein schraffiert mit Vorjahrsgräsern: »Das ›Lokkere Moor‹.« 1, 2 rüstige Birken darin, (die eine leider mißbräuchlich als Jagdsitz hergerichtet); die schönste Erlengruppe der ganzen Gemeinde, mit denen man reden konnte, wie mit Bäumen von Alter & Erfahrung. (›Ein Baum, der habituell gegrüßt wird‹: das müßte man den Herren Landwirtn wieder suggerieren können; wie zu Hermann's Zeitn; (obwohl ich gar so entsetzliche Stücke auf ihn, Hermann, nicht halte). Am ehesten noch durch drohende Weisgetüme: ›So lange stehet der Mathbergwald: so lange Hillfeld zusammenhalt'!‹, (›Wenn Sylvester es schneit, ist Neujahr nicht weit‹.).) / »Oh ja: selbs'der Schuppm wirkt doll.« Während wir, auf Hermelinteppich, bis an den Rand der Sandgrube vorschritten, wo Einem nun endgiltig aëronautisch im Gemüt wurde; (und die Luft=Mienen

Arno Schmidt in den Wacholdern

noch enthusiastischer). / Schon zog ich meinen Koste=Löffel, ›meß mer'n Tee‹, den ich winters grundsätzlich bei mir führe; (kräftiges Aluminium; ohne Beschriftung wäre er unschätzbar – aber in unserer Welt gibt es nichts Unbeschriftetes mehr); schöpfte vom nächsten Baumstummf. Und schmeckte. – (So kennerlich, so sachlich, daß Jule sofort erst neugierig, dann neidisch wurde. Und ihn ebenfalls verlangte. (Sehr wohlschmekkend, nebenbei bemerkt: das sind auch so alte Columellen, die uns weitgehend abhanden – richtiger ab=munden, ab=zungen – gekommen sind, die Geschmäcker von Regen & Schnee festzustellen; und dann daraus zu schließen, was zu schließen ist. Da gibt es Rübenartigen; solchen, der wie Hunde riecht; manchmal nach laschem rohem Fleisch; heute schien er neu=tral. Bzw. das Zünglein an der Waage, durch den zuvor genossenen Bergtauträger gemacht, gab nicht den genügenden Ausschlag; das findet man aber bei jedem Instrument mal.) Und Jule schaufelte, ›im Busen fühl ich den Weh=Suuf‹.): »Nun folgere aber auch einiges! – Was iss=iss für Schnee?: stammt er aus tiefer Luft, vom Dümmer her? Kommt er vom Harz, wo das Gespenst brockt, nehst & silberschlackt? ErschmexDu die ›sogenannte DDR‹? Oder tippsDe auf Richtung Äidtkuhnen, wenn nicht gar Alma Ata?: sag doch was!«; (und schaufelte zwischendurch zwischenein, daß selbst der Griff mit Gefrorenem belegt war). – »Ich möchte meinen: es ist jener Schnee, der immer von vorn kommt.« Und frostig schweigen (ich); und betroffen sinnen (er). /

Bergländer liebe ich nicht: nicht den breiigen Dialekt ihrer Bewohner, nicht die zahllos gewölbte Erde, Bodenbarock. Meine Landschaft muß eben sein, flach, meilenweit, verheidet, Wald, Wiese, Nebel, schweigsam.

»Lebensbeschreibung eines Wacholders«; »So wuchs die Kiefer da rechts«; »Wir Moos«; »Ich war ein Vogel Habicht«; warum soll nicht »eine Schneise« ein Wesen sein?

Ich mag diese Ge=Wässer von 15 bis 20 Kilomeeter Lännge ja *zu* gern: die könn'n Fisch=Teiche billdn; und sich im Winnt=Schtooß kreusln; und, eis=berandet, im Mond glittsern! – Wie sich, zumm Beischpiel, das=hier durch, sehr geschikktis, Pläppm, zu emmpfehln versuchte. –

Die Flüchtlinge mit ihren verfluchten Schuppen und Gärtchen und sinnlosen krummen Zäunchen machen die aparteste Landschaft zur Sau! (Ich bin selber Einer, aber Alles hat seine Grenzen!)

Wer im Walde laut redet, iss'n gans=dummer Mensch.

Die Sonne verbrannte am unteren Rande des Himmels (zu fester Wolkenasche); aus den Wäldern erhob sich grauer Moorgeist; Gras und Gewelke troffen sehr und schnarchten (neben meinen hohen Schuhen, meinen Hosen). Ich stellte den Kopf auf dem Beinstativ waagerecht und maß um mich: 5 Lichter, 200 Grad Wälder, dann Wasserwiese und Felderwust (und kein Radio, keine Zeitung, kein Volk, kein Führer!). Wind coiffierte mir gefällig im Haar (was ich gar nicht schätze!), und wischperte waschhaft und figarös: Laß das!

In jedem Dichterleben kommt nun einmal der Zeitpunkt, wo man ›seine‹ Landschaft kennen lernt - jene Kombination von Bodenformen, Pflanzenarten und Wettererscheinungen, die die ideale Anregung für Produktion ergibt, und in die man später, oft unbewußt, fast jede Fabel verlegen wird: Theodor Storm wäre undenkbar im Orient; Wieland in der Tundra; Lessing im Walde.

Schneckennamen (zum auf die Häuschen malen): nur 4 Buchstaben, (weils ja nur kleine Häuschen sind!), und originell: »Eine heißt LELE«. Pause. Sie überlegte, runzelte, flammte mich an: »Eine heißt GLOP« sagte sie kurz, und ich spitzte anerkennend den Mund: GLOP war gut! Pause; neidisch: »GLOP ist sehr gut!!« – »Eine heißt TOSE. MINK, ÜTL, XALL, HILM.« – »Eine einfach MAX«. – »Dann kann ich ja auch eine KURT nennen« sagte ich gekränkt: »Nein, nein: Originalität ist ja auch eine der Bedingungen!«; aber sie bewies mir, daß es MAKS zu schreiben sei, und fügte sofort hinzu: »URR, PHEB, KÜPL, ARAO, SIME, LAAR« –: ach, waren wir glücklich (indes die Schnecke weiter zog).

Ich bin ein Heidediener, Blattanbeter, Windverehrer!

V

Die Politik ist das Schicksal!

Man kriselt im nahen Osten. Es wehrpflichtet sehr. Die Großmächte poltergeistern. Politikerfräcke fledermausen: es wird wieder einmal Nacht.

Was ist demnach das beste Rezept für ein Erdenleben überhaupt, oben wie unten?: »Aufs Dorf ziehen. Doof sein. Rammeln. Maul halten. Kirche gehen. Wenn n großer Mann in der Nähe auftaucht, in n Stall verschwinden: dahin kommt er kaum nach! *Gegen* Schreib= und Leseunterricht stimmen; *für* die Wiederaufrüstung: Atombomben!«.

An die
Uno
(Derzeitiger Tagungsort)

In Anbetracht der ungeheuren Zerstörungen, welche alle Kriege von jeher, zumal aber der letzte, in den Kunst- und Büchersammlungen der Menschheit verursacht haben, und der noch weit größeren Gefahren, denen diese im unvermeidlichen nächsten und allen folgenden bewaffneten Konflikten ausgesetzt sein werden, erlaube ich mir, (obwohl Deutscher) der hohen Versammlung folgende Anregung zu unterbreiten:

§1) An mehreren Stellen der Erde (jedoch mindestens 3) unverletzliche, von allen Staaten gemeinschaftlich anzulegende, zu unterhaltende und zu verwaltende Kulturfreistätten zu errichten. Es werden hierfür kleine, von allen politischen und wirtschaftlichen Konflikträumen möglichst fern gelegene, sonst nutzlose Inseln – z. B. Tristan da Cunha, Südgeorgien, St. Helena, Osterinsel – vorgeschlagen, auf welchen, nach Errichtung geeigneter Räumlichkeiten, möglichst große Büchervorräte sowie die wertvollsten unwiederholbaren künstlerischen Werke der Menschheit zu sammeln wären. – Keine Waffe irgendwelcher Art darf im Umkreise von ..... Meilen angewandt werden.

§2) Ergebnisse oder Modelle der Technik oder sonst der angewandten Wissenschaften sollten, um jeden Mißbrauch dieser Freistätten unmöglich zu machen, und keiner Macht eine scheinbare Handhabe zu bieten, nicht aufgenommen werden.

§3) Zukünftig erscheinende Bücher sind von jedem Verlage in je einem Exemplar an jede der »Kunstinseln« einzusenden, ebenso von Bildwerken die Originale oder gleichwertige Wiederholungen möglichst ihres Schöpfers selbst.

§4) Den größten der lebenden Künstler und Geisteswissenschaftler gewähre man hier nach ihrer

»Da ging ich hinauf, und nahm vom (ärztlich verbotenen) Asbach; (verdünnt mit Korn).« BA I,4, S. 85

Wahl, oder im Alter oder im Kriegsfalle die persönliche Sicherheit und ungestörte Arbeitsmöglichkeit (die Entscheidung über Würdigkeit der Einzelnen könnte etwa das Nobel-Komitee fällen, oder besser eine noch zu schaffende »Künstler-Uno«). – Auch könnten hier in Zukunft die Grabstätten aller bedeutenden Menschen zu Weltheiligtümern vereinigt werden.

§5) Jungen hoffnungsvollen Talenten, welche ihre Begabung dargetan haben, gebe man zur Förderung die Erlaubnis, für eine bestimmte Zeit sorgenfrei auf jenen Inseln zu leben, wo ihnen die Kulturgüter der Menschheit so mühelos zugänglich sein würden, wie es der Künstler und Denker braucht.

§6) Als gelegentliche Besucher sind für einige Tage auch andere geistig Schaffende zur Belohnung zuzulassen; nicht aber Physiker, Chemiker, Techniker, Politiker, Berufssoldaten, Filmstars, Boxweltmeister, reiche Gaffer usw., oder solche, die in Kriegszeiten lediglich dort Zuflucht suchen wollen. – Die Erlaubnis zu solchen Gelegenheitsvisiten erteilt gegen bar die Inselverwaltung selbst. –

In Anbetracht der großen zu leistenden Vorarbeiten, (Einsetzung einer Kommission, Wahl und Ankauf der Inseln, Errichtung der Gebäudekomplexe, Auswahl des Personals, Transport der Kulturwerte, Versorgung mit Wirtschaftsgütern etc) die, selbst bei mäßiger Veranschlagung, Jahre in Anspruch nehmen dürften, müßte mit dem Werke sofort begonnen werden; vielleicht ist noch Zeit dazu. –

Ich bin überzeugt, daß sich gegen ein solches Unternehmen kein Veto eines der hohen Versammelten erheben kann; die Menschheit wird Ihnen einst ehrfürchtig die Erhaltung ihrer heiligsten Güter verdanken. –

Ich unterzeichne mit vorzüglicher Ergebenheit:
Arno Schmidt.

P. S.: Unter Bezugnahme auf §4) erlaube ich mir zugleich, einen Antrag auf Gewährung eines lebenslänglichen Freiplatzes zu stellen. Der Hinweis auf meinen »Leviathan« (Rowohlt, Hamburg, 1949) dürfte eine weitere Begründung ersparen; ich bin Ende dreißig, 185 cm groß, glaubenslos, frei von ansteckenden Krankheiten, und, zwar Deutscher, aber zu keiner Zeit Mitglied der NSDAP oder ihr angegliederter Organisationen (außer DAF) gewesen.

»*Nu zum Bei=Schpiel:* ›*Wenn man* – bei einem künftijen Welt=Parlament – *da ooch* die 5=%=Klausel einführte: Würde das=dann der Adenauer=Republik schmecken, oder nich?!‹«. (5% von 3 Milljarden sind ja bekanntlich 150 Milljon'n.)

Im Fernseher das Bild irgendeines ›hamburger Hafens‹; endlos lange; (mal seh'n, wer's länger aushält: alle Minuten 1 Mal bösartig hinüber lächeln .....). Dann beginnt's aber schon gefällig, das graublaue Geflimmere; regt tausend Gelenke zugleich; und die Maschine gibt die bekannten ›halben Wahrheiten‹ von sich.: Wer ein schwarz eingebundenes Buch ›schwarz‹ nennt, ist im FREIEN WESTEN ein ausgesprochen ehrlicher Kerl. (Wer ›rot‹ behauptete, wäre 1 Lügner, klar.) Was aber ist Derjenige, der uns ständig einzureden versucht: es sei ›nicht=grün‹?!

Also wieder der in Heldenkreisen gern gepflegte Irrtum, daß nur auf einem Stiernacken ein Kopf sitzen könnte.

Wenige sterben und Keiner dankt ab; Churchill, Stalin, Adenauer, der Papst: voller Altersfrechheit, eisiger Rücksichtslosigkeit, und greisenhaftem Eigensinn, reiten sie ihre Völker immer tiefer in Atomunheil und bebrüllte Dienstbarkeit: wenn die Opposition mal im Staatsrundfunk sprechen darf, ist nach 2 Minuten garantiert Sendestörung: ›Wir bitten unsere Hörer um Entschuldigung‹!

Soll ich ein Land ehren, das einem Kant oder Lessing oder Schiller Schreibverbot erteilte?! / Das des sehr großen ETA Hoffmann ›Meister Floh‹ beschlagnahmen ließ, nur weil der einen Polizeipräsidenten – allerdings gleichzeitig in Jenem eine ›janze Richtung‹ lächerlich machte?! / Das Land, aus dem ein Heine flüchtete?! / Das Land, von dem ein Nietzsche sich freute, daß er einen soliden Schweizer Bürgerrechtsbrief besitze?! / Das Land, aus dem periodisch – sei es 1848, sei es 1933, sei es 1958, – die Besten der Nation emigrieren: wie steht es mit Nobelpreisträgern à la Thomas Mann? Hermann Hesse wohnt in Bonn?: ei, ei, ei! / Alfred Döblin? Albert Einstein? / Die ›Göttinger 7‹?

(Eine republikanische Verfassung giebt den Gesichtszügen fast noch etwas Einförmigeres als ›Die Uniform!‹)

Die Schweizer?: sollten lieber ihren Frauen das Stimmrecht geben! Zustände sind das, wie in Innerafrika: und das will n besonders fortschrittliches Völkchen sein!: sparkassenhaft zurückgeblieben sind se, dem übrigen hochgequälten Europa gegenüber!

Ich meine doch: *kein* Held auf der ganzen Erde dürfte mittags seine Hand in die Eßschüssel stecken, ohne durch die entsprechenden Wandplakate darauf aufmerksam gemacht zu werden, daß er jeden einzelnen Bissen nicht nur nicht produziert: sondern diese Produktion durch seine Existenz wie durch sein Gewerbe *erschwert!* Die Nichtswürdigkeit einer solchen ›Führerschicht‹ kann uns ja durch einfache Überlegung, sowie Betrachtung der allerjüngsten Historie vordemonstriert werden: ein Volk ohne Herrenrasse kann sehr wohl – nein: *noch besser* leben, als mit ihr! Eine Herrenrasse *ohne Volk aber*, würde unverzüglich verhungern! Deswegen werden die Helden nach verlorenen Kriegen dann meist zähneknirschend Bademeister oder Zigarrenreisende – weil sie halt nichts gelernt haben.

»*Churchill?!:* Wenn ich den Namen bloß höre, fehlen mir 99 Pfennig zur Mark!: Politisch das Urbild des roastbeefgenährten, arroganten, rücksichtslosen Briten, der, die Zigarre im Mund, Deutschland abwechselnd in Ruinen legt oder wiederaufrüstet, je nachdem es für das perfide Albion am Nützlichsten erscheint. Für England meinethalben ein ›Großer Politiker‹ – obwohl das Beiwort grundsätzlich durch allzu zweideutige Mittel erworben wird, um je von einem guten oder weisen Mann gesucht zu werden!

– aber speziell wir Deutschen sollten im Verkehr mit dem Herrn Handschuhe anziehen!«

SA, SS, Militär, HJ undsoweiter: die Menschen sind nie lästiger, als wenn sie Soldaten spielen. (Kommt bei ihnen wohl periodisch in jedem Jahrzwanzicht, ungefähr wie Malaria, neuerdings noch schneller).

Damals in Wien wurde seitens der Monarchen und ihrer Kanzler organisiert: die Restauration, die Große Lähmung, die ›Heilige Allianz‹ – *das* Windei, an dem wir auch heute wieder saugen. Unser dummes Volk freilich – zu dessen Merkmalen es gehört, daß es kitschigen Formulierungen gegenüber besonders widerstandslos ist – hat sich die sinistren Fakten dessen, was damals mit ihm gemacht wurde, durch folgende Überschrift aus dem Gedächtnis weg=eskamotieren lassen: ›Der Kongreß tanzt‹: so bringt man dem ›Untertan‹ Geschichte bei: es lebe die Mnemotechnik!

»Und Er, der Breutjamm?«

Er? –: »Na. – Oxe war er schonn vorher. Beim Milliteer lernt'er aus: zumindest für die Zeit meines Vaters & meine=eigene darf ich es behauptn: es gab keinen größeren Sauschtall auf Erdn; keine größere Drillanschtallt für Brutalität & Rohheit, keinen breiteren Tummelplatz für hürnene Beschrennktheit & infantile Grausamkeitn: als das deutsche Milliteer. – *Heute* ist'as freilich, ich las es erst neulich in einem SPD=Organ, gans=gans anders.«, fügte ich höflich hinzu; (man konnte ja nie wissen; vielleicht wurde unser Geschpräch abgehört. Wir lebtn schließlich in 1 freien Lande.)

»*Er also macht* – es iss nich allzuschwer; ich kann Dir's bei Gelegenheit ja ma zeign – die erwähntn 11 Kinder; und 12 Fehlgeburtn; und auch die andern Male, bei denen's *nich* schnappt. – Ja sepp=verschtäntlich: auch der Nachbarinn fummelt er in der Ecklipptick rumm; und hebt jeder Junk=maakt den misttriefenden Rocksaum.« / »*Arbeitn* tut er wie sein Feerd, klaar: *ich* laß Jedem Gerechtichkeit widerfahrn!« (Nach einijem Besinn'n): »Entschuldije das saublöde ›widerfahren‹. Ich meinte natürlich ›angedeihen‹. – Beziehunxweise, noch weenijer geschwollen, ›zuteil werdn‹.« /: »Sonntax geht er ins Gasthaus. Allwo er mit, vom langen Gebrauch eiförmich gewordenen, Schpielkartn Schkaat betreibt; wenn nicht gar das, mit Recht so genannte, ›Schaaf=Kopp‹. Trinkt auch dazu den guten Doppelkorn; beziehunxweise, wenn er wieder 1 Flüchtlink erfolkreich über's Ohr gehauen hat, 1 weenijer …«. (»›Ratzeputz‹ –« murmelte hier mein Glück; ich hatte sie, anläßlich der Her=Reise, kurz hinter Adelheidsdorf, jenen ingwer=reichen Haidelikör gelehrt. Aber): »Nee nee, Hertha. *Der* iss dem richtijen Bauern *viel* zu teuer: Der iss doch nich verrückt! *Den* überläßt er dem prahlenden Dorf=Trunkenbolt. Oder trinkt ihn höchstens, wenn der reiche Willen=Besitzer aus Bremen sich ma unter's Volk mischt, und ne Runde ausgiebt. ›Da sauft, Ihr Schweine!‹; er=selbst ermattet, von der (gepachteten) Jagd beschtaupt. –: Neenee Du!«

»Er also betreibt dort seinen Denk=Schbort, nach Altenburger oder Schtralsunder Vorlagn ...«: ? »: Die Schpielkartn=Fabriekn: Herzchen mach bitte mit.« / »Wankt dann, obwohl nicht nennenswert schwereren Tritz als sonst, nach Hause. Drischt dort, ›Trautes Heim‹, die 4 erreichbaren, also dooweren, von seinen 11 Blondköpfm. Geht in den Schtall, und kickt unterweex die schwangere Hauskatze 10 Meter weit: wenn se Schwein hat, überleebt se's; wenn nich, dann ›Es lebe das Kristntum!‹. Schlägt noch dem Feerd, das unruhich um sich kuckt, rasch 1 Auge aus .....«

»Hertha=nein!: Ich schpreche keine Sattiere: ich hab's wort=wörtlich erlebt! Ich: Moa=Mäme. Ich habe 1 Jahrzehnt meines unschätzbaren Lebens ›beim Bauern‹ wohnen müssen. – So wahr ich zu 90% vom Brot lebe; meist an Deiner Seite im Schtehen genossen.«

: »Dann schtellt er sich, geducktn Hauptz, neben sein' Tracktorr; und knurrt in dieslijem Wohlgefallen: 4=Tackt: 4=Tackt. – Macht selbst etwas Mist. –:

Schreitet dann, Septembers, ›zur Urrne‹; und wählt so weit ›Rechz‹ wie möglich – worauf ihm dann, am nächstn Tage, die ›Heimatzeitung‹ seine ›politische Reife‹ bescheinicht. – Es soll mich doch Wunder nehmen,« schloß ich wild: »welcher Schtaat der 1. sein wird, der sich dazu aufrafft: die Erteilung des Wahlrechz vom Beschtehen einer, gans klein', *Prüfunk* abhängich zu machn – bloß so 20 Fragen; aus Geschichte Geografie Wirtschaft Kultur.«

Traum von der idealen ›Freien Wahl‹ – ungefähr so wie Wielands ›Gesicht von einer Welt unschuldiger Menschen‹, oder ›Philander von Sittewald‹: Jeder müßte mit 21 (bzw. 18) Jahren eine kleine historisch=geographische Prüfung bestehen (die dann alle 5 Jahre wiederholt wird); und ein Zeugnis darüber beibringen, abgestempelt von den 4 bedeutendsten Parteien (das dann am Wahltag, zusammen mit der Legitimation, vorzulegen wäre). Mit 65 erlischt das Wahlrecht unerbittlich, aktiv wie passiv: *es giebt keine Altersweisheit!!* – 4 Wochen vor der Wahl erhält jeder Wähler von staatswegen eine Broschüre: darin stehen jeder zugelassenen Partei (Bedingung 100 000 Wähler) 3 Seiten zur Verfügung, um nach Belieben ihr Programm zu entwickeln (und das der Konkurrenz zu zerpflücken). Ansonsten nichts: keine Wahlmänner, Versammlungen, Plakate, Rundfunkansprachen;

der Pfarrer, der in der Kirche Andeutungen macht, erhält sofort 50 auf den nackten Hintern (von dem notorischen Dorfatheisten aufgezählt!); ebensowenig Beeinflussung durch die Gewerkschaften. – Na ja.

Überlegene westliche Kultur??: Nanu!!: Wo hat sich Goethe denn schließlich niedergelassen: in der Bundesrepublik oder in der DDR he?! Von wo nach wo floh Schiller? Und Kant hats in Kaliningrad so gut gefallen, daß er sein ganzes Leben lang nicht rausgekommen iss!

Überhaupt Schuster Weber!: Einer von Denen, die stundenlang davon erzählen können, daß sie »unter 3 Kaisern gedient« hätten, und stolz dazu. Mit einem davon hatte er sogar gesprochen: in Berlin hatten sie vorm königlichen Palleh Wache gestanden; die Kutsche fuhr vor: Präsentiergriff! – !! (– »Ober däi satt!« kam an dieser Stelle grundsätzlich). »Pommer, was mein Sohn?« hatte seine Majestät leutselig bemerkt, und dann noch »Soso« oder »Brav so« oder dergleichen Unvergeßliches: Gelt, das war noch ein Erlebnis?!

Ich protestiere gegen den hochmütigen Einwand der Regierenden, daß ich ›von Politik nichts verstünde‹! Wer sich vergegenwärtigt, daß Staatsminister, also ›höchste‹ Politiker, ohne weiteres *austauschbar* sind – daß also in aller Welt Einer, der heute Postminister war, morgen Atom= übermorgen Flüchtlings=, den nächsten Tag Verteidigungsminister sein kann (oder, deutlicher: daß alle diese Herren den Teufel etwas von ihrem Gewerbe verstehen können: welcher ehrliche Schmied würde sich zutrauen, morgen Tischlermeister zu werden?!) – Wer, frage ich, mag noch Zutrauen haben zu der überlegenen Weisheit einer Obrigkeit, die – leider – Gewalt über ihn hat? / Und, wenn wir über Einzelfragen wirklich nicht im Bilde sein sollten: Wer *ist* denn daran schuld, als jene Politiker, die ›Geheimverträge‹ abschließen, und uns nicht informieren? / Ganz zu schweigen davon, daß jeder ehrliche Mensch sich mit 65 Jahren für ehrenvoll abgenützt erklärt; Politiker dagegen scheinbar erst mit 80 richtig ›reif‹ werden – was braucht man in aller Welt noch Altersheime, wo es doch so viele Parlamente gibt?

Neinein; *Opposition muß sein!*; schon als bloß=leise Mahnung zum Brilleputzen für Jeden allzu Selbst=Sicheren.

Wie bedauerlich, daß Große Heldn so seltn in der Wiege erdrosselt werdn!

Auf= und AbrüstungsDebatten in sämtlichen NATO=Ländern; Motto ›si vis pacem‹: ein nicht genannt sein wollender Überläufer hatte die Skizzen des ›Warschauer Paktes‹ mitgebracht: das freut dem Schwerte sehr! / Der Handel mit Gebraucht=U= Booten hatte einen verdächtigen Aufschwung genommen – uns fehlte bloß noch, daß AtomBomben frei über'n Ladentisch verkauft werden. / TerroristenWerbung: ›Everyone, interested in Money and Adventure …‹. Einer jener fotogenen Jungen (wie Frau K sie vorhin nannte) aus denen fast unsre gesamte männliche Bevölkerung besteht, hielt daneben seinen, von Schlagern untermalten, Aufruf: ›… Verbrechen des Friedens! ..: when I was 12, I had shot my man, and begot my man!‹ (Der Terror sagt zum Mord ›Brüderchen‹; und der giebt den Gruß weiter an den Krieg.) Als einer der dabeistehenden Neanderthaler fragend das Foto vorwies: vom Gammler, den der Wind in eine Hecke geweht – Der sich mit Haar & Bart darin verfangen – und der stumm dort verhungert \ verdurstet war: ? Antwort: ›Ein EhrenTod!: um die kapitalistischen Schergen nicht auf die Spur der sich diszipliniert zurückziehenden FreiheitsKämpfer zu lenken!‹

Deutschland wird in der Weltgeschichte einmal den Ruhm des Steines haben, über den Menschen mehrfach gestolpert sind.

Mir ist *jeglicher* Beruf verdächtig, der zu seiner Ausübung einer besonderen Kostümierung bedarf; und ein anständiger Mensch sollte meines Erachtens den gleichen Widerwillen vorm ›Gehorchen‹ wie vorm ›Befehlen‹ empfinden.

Wilhelm der Soundsovielte, genannt ›Die Gotteskuh‹! Jetz iss' aber gut!! Ich sah nochmal hin (also der ›Fette‹ oder ›Faule‹: das waren ja die üblichen Fürsteneigenschaften; aber das hier?!).

Ein dürres altes Weib zwergte übern Weg, krumm wie n Fiedelbogen, weiße Fusseln an einem Ende, hantierte plärrend vorm Kruzifix: »Die darf nu genau so gut wählen, deren Stimme wiegt genau so viel, wie die von meinetwegen Ollenhauer: iss das richtig?!«: »Adenauer würd Ja sagen.«

Was ›Solidarität‹ eigentlich genau heißt?!: »'Tis a greek invocation to call fools into a circle!«.

Daß doch so viele Menschen in einen Spiegel schauen können, ohne sich zu erkennen! Erinnern Sie sich nicht noch an die Barttracht Kaiser Wilhelms des Zweiten, ›Es ist erreicht‹? Oder das ›Schuhbürstchen‹ eines sicheren Adolf Hitler?: Wieviele Zeitgenossen sah man nicht postwendend mit dem albernen Zirkumflex unter der Nase herumlaufen, und sich eine *noch* größere Ähnlichkeit mit jenem Halbmenschen erträumen!

Wenn ich nicht schon von Geburt Atheist wäre, würde mich der Anblick Adenauer=Deutschlands dazu machen!

»*Dir wolln wir treu-er-ge-bänn-sein:* / getreu: bis ihihihinn den Tod. (Ja in den Tod!)«: Aber wieso denn?! *Staubgegürtete Rekruten:* klatschten gedankenlos in die Füße, ruckzuckten die braungeschweißten Köpfe nach oben, und stießen die Heldenworte von sich weg: »Dir wolln wir unser Leben wa-hein …«: Ja aber wieso denn?!!

Bei mir ist solcher Silbenfall völlig verschwendet!! Ehe Du für Dein Vaterland sterben willst, sieh dir s erst mal genauer an! (Und »Mein Leben für den Führer«?!: für n Politiker faß ich mich nich an' Hintern!!). –

›Oh diese Deutsch'n!‹): »Die halbe Nazion iss irre; (& die andre Hälfde nich ganz bei Groschn!): Ich mag sie nicht.«

Nichts grausiger und kläglicher: als zwei Völker, die nationalhymnend aufeinander losgehen. (Der Mensch, das »hurrahschreiende Tier«; als Definition).

Geschichte? Schicksal?: Die Politik ist das Schicksal! (Dabei war mir nichts weniger als nach Ausrufungszeichen zumut: es ist ja *zu* traurig, was in der Hinsicht mit uns eben jetzt wieder gemacht wird! Die Kipper und Wipper unserer demokratischen Freiheiten! / Oder wie in Süd=Korea, wo aussichtsreiche Gegenkandidaten 10 Tage vor der Wahl zu sterben pflegen!).

ZU ÄHNLICH.

»Och, Geschichten weiß der Herr Rat: Der könnt' die Vögel von'n Bäumen locken!«, und sah mich dazu, sehr von unten her, aus glitzernden Altersaugen an. »Ja ja gewiß, Hagemann,« sagte ich diplomatisch: »ob sie aber auch alle wahr sind?«. Er warf sofort die Arme (mit den immer noch mächtigen Fäusten daran) in die Luft. »Wieso denn nich?!« nieselte er empört: »Was hier im Lauf der Jahre alles passiert iss! – Und dann die viel'n Ins=trumente: Ogottogott, wenn ich nich so'n festen Kopf hätte – –«. Er entfernte sich, unglaublich murmelnd; und ich begab mich unbefriedigt wieder zur Terrasse zurück, wo man mich schon erwartete.

Vermessungsrat a. D. Stürenburg erklärte eben dem Hauptmann, daß man auch als Laie durchaus noch bessere Karten einer Gegend, als die allgemein für das non plus ultra angesehenen ›Meßtischblätter‹ erwerben könne: »Jedes Katasteramt verkauft Ihnen anstandslos für – 6 Mark sind's, glaub' ich, zur Zeit – die sogenannten ›Plankarten‹, im Maßstab 1:5000, die ebenfalls die gesamte Topografie enthalten. Da haben Sie dann genau jedes einzelne Gebäudlein eingezeichnet; Wohnhäuser von Schuppen durch die Schraffierung unterschieden; Straßennamen; Alles: sehr zu empfehlen.« Er nickte fachmännisch, und kerbte mit einem silbernen Spezialmesserchen seine Zigarre vorne ein. »Natürlich gibt es auch *noch* großmaßstäblichere Pläne; in Verbindung mit dem ›Grundbuch‹; sie werden, falls Zeit dazu sein sollte, laufend ergänzt – ich kenne das –« er wiegte den mächtigen Kopf und stöhnte vor Erinnerungen.

Vom See her wogte träge ein Wind= – naja ›stoß‹ konnte man's eben nicht nennen, dazu war das Luftmeer heut zu guter Laune: es spülte flüssigkeitshaft lau über unsre Hände & entblößte Unterarme. »Ideal für die Ernte« bemerkte Apotheker Dettmer wichtig; und Frau Dr. Waring bestätigte gutsherrschaftlich (obwohl auch sie den Teufel etwas davon verstand); Emmeline dehnte verstohlen die badelustigen Beine (1 davon zu mir her?), und während sie noch schlau an mir vorüber sah, hob Stürenburg bereits an.

: »Sie wissen ja, daß ich vor 25 Jahren, im ›Dritten Reich‹, vorzeitig pensioniert wurde – ich komme darauf, weil es mit den eben erwähnten großmaßstäblichen Grundstückskarten zusammenhängt. Ich hatte damals einige Katasterämter westlich der Ems unter mir, und war eben im Auto auf dem Wege nach Meppen, als ich doch nahe einer, stattlich im hübschen Grüngrundstück liegenden Villa ein paar Landmesser bei der Arbeit sehe: Einer hat das Stativ aufgebaut; zwei Gehülfen stehen malerisch auf rotweiße Latten gelehnt – wie das ja Jeder kennt. Dabei war doch, meines Wissens, im Augenblick hier gar nichts ...... Ich lasse jedenfalls Hagemann halten; steige aus, und gebe mich dem Mann am Fernrohr zu erkennen. Der sieht überhaupt nicht hoch, sagt nur scharf: ›Fahr'n Sie weiter!‹. Nun wurde mir dieses zu dick: ich war ja schließlich sein übernächsthöherer Vorgesetzter! Außerdem hätte es jegliches alte ehrliche Geodätenherz empört, wie das Fernrohr des Kerls irgendwohin mitten in die Villa zeigte. Auf meine diesbezügliche Beanstandung hin sagte er, drohender: ›Gehen Sie sofort Ihres Weges!‹; hob auch den Kopf –: ich hatte das Gesicht noch nie gesehen, wo ich doch meine sämtlichen Beamten in= & auswendig kannte! Jetzt wurde mir die Sache verdächtig; zumindest lag ja ›Anmaßung von Dienstbefugnissen‹ vor; ich forderte ihn also auf, in meinen Wagen zu steigen und mir zur nächsten Polizeidienststelle zu folgen. Sein ohnedies brutales Gesicht verstellte sich noch mehr. Er machte sich klein zum Angriff & pfiff seine Komplizen herbei: die packten mich, und hätten mich in mein Auto gestopft, wenn nicht Hagemann eingegriffen hätte. Er warf, strategisch völlig richtig, zuerst den Rädelsführer kopfüber in den ungewöhnlich tiefen Straßengraben – Moorboden, Sie wissen ja. Dann kam er mir zu Hülfe. Die beiden Verbleibenden bildeten sich, glücklich für uns, ein, sie müßten ihre Latten auf Hagemanns Kopf zerschlagen – und von dem Augenblick an war unser Sieg entschieden. Durch all ihr Faustschlagen, Stoßen & Zähnefletschen hindurch drang Hagemanns Haupt, Schild und Angriffswaffe zugleich, unwiderstehlich vor; schon verlor der Eine stückweise Jacke & Hemd, während ich dem Andern die Nase öffnete. Unterdes tauchte aus dem Graben das, itzt struppige, Antlitz des Anführers. Er rief seinen Leuten 1 Kommando zu; worauf sie sich sofort zurückzogen, sich auf 3, im Gebüsch versteckte, Motorräder warfen, und davon stanken.«

Der Hauptmann hatte interessiert der Schilderung des Gefechtes gelauscht, nahm jetzt einen sehr großen Kognak, und Stürenburg fuhr fort: »Mein erstes war, durch das so geheimnisvoll gerichtete Fernrohr zu visieren –: es zeigte mitten auf jene Haustür! Ich ging hin, und läutete den Besitzer heraus. Ein langer dürrer Mann, aschgrau vor Angst im Gesicht. Nachdem ich ihn informiert hatte, zog er mich flehend in die Tür, verriegelte hinter uns, und berichtete nun seinerseits kurz: Er sei Jude; und sein Haus würde seit 2 Tagen von verkleideter Gestapo bewacht, die nur darauf warteten, daß einer seiner längst gesuchten Verwandten sich zu ihm stähle: dann sollten sie Beide ›abgeholt‹ werden! Als er erfuhr, daß seine Wächter in die Flucht geschlagen seien, bat er mich – zitternd am ganzen Leibe, der arme Kerl; es ging ja auch buchstäblich ›um sein Leben‹! – ob ich ihn nicht rasch im Auto zur nahen holländischen Grenze hin befördern könne? Auf meine Einwilligung hin rannte er treppauf, und kam sofort mit dem, unverkennbar längst bereitgehaltenen ›schnellen Köfferchen‹ zurück.«

Der Hauptmann – wohl nicht direkt ›Antisemit‹; aber immerhin erzogen, jedem, auch dem ephemer=doofsten, Gesetz zu gehorsamen – knurrte unbefriedigt; während der gutmütige Dettmer befriedigt & fleißig nickte.

»Ich also wie der baare Teufel die Straße nach Provinzialmoor runter gefahren. Er, neben mir, plappert unaufhörlich, krankhaft=nervös; zeigt auch verängstet nach einer fernen Vogelscheuche im Feld, (in einer Art, daß sogar ich mich verblüfft hinbog), hat unruhige Hände – ist ja wohl begreiflich. Ich fahre energisch vor'm Schlagbaum vor. Er lächelt, herzbrechend tapfer, zum Abschied. Geht hin, zeigt was – und kommt durch: nie werd' ich vergessen, wie er dann da im Holländischen stand, und beide Arme ekstatisch hoch stieß! – Ich rollte nachdenklich wieder durchs Flachland zurück, und der Motor schnarchte. Während ich noch in Meppen mit dem Leiter des dortigen Katasteramtes kopfschüttelnd den raren Fall besprach, wurde plötzlich die Straße voller Motorengeräusch; 4 schwarzen Limousinen entstiegen gut 20 SS=Männer und umstellten die Ein= beziehungsweise Ausgänge: ich mußte mit! – Ja, n'türlich; Hagemann auch. – Bei der anschließenden Vernehmung galt als besonders ›gravierend‹, daß ich, als Beamter, meinen Führerschein nicht bei mir hatte, (was mir übrigens das erste Mal in meinem Leben passiert war!); jedoch wurden wir ein paar Tage später wieder entlassen, da unsere relative Unschuld an der Prügelszene nachzuweisen war, (und von meiner Beihülfe zur Flucht jenes Unseligen schien man gottlob nichts zu ahnen). Immerhin wurde ich bald darauf durch eine ›Verfügung‹ meines Amtes erst vorübergehend ›enthoben‹; später sogar gänzlich pensioniert: keine Bemühung meiner

Vorgesetzten hat etwas ausrichten können.« Er wölbte die breiten Augenbrauen, und fluchte bei der Erinnerung noch heut durch die Nase.

»Das für mich niederschlagendste war noch, daß ich in jenen Tagen zusätzlich die Zeitungsanzeige vom Tode des betreffenden jüdischen Arztes in den Blättern lesen mußte! Da ich ja nichts mehr zu tun hatte, kaufte ich 1 Kranz, fuhr hin, und legte ihn am – noch offenen – Sarg nieder: er war in seiner eigenen Villa aufgebahrt, lang & dürr; man hatte ihm also die Häscher auch über die Grenze noch nachgeschickt.«

Von Dettmer und der Tante kam je 1 gerührtes »Tz!«. Der Hauptmann trank ehern; und Emmeline streifte sich, zappelig, den Rock höher, (allem Anschein nach hätte sie ihn am liebsten über den Kopf ziehen & ins Wasser springen mögen!); aber noch lutschte Stürenburg unerbittlich an seiner Havanna: »Merkwürdig war nur, daß ich 14 Tage später aus England einen eingeschriebenen Brief erhielt: darin ein begeistertes Dankschreiben meines Arztes – und mein Führerschein! Er hätte sich keinen anderen Rat gewußt, beichtete er, als ihn, während unserer Fahrt, aus dem Fach unterm Schaltbrett zu expropriieren: mit ihm sei er anstandslos durch den Schlagbaum gelassen worden. Es stimmte auch; denn er hat mir immer wieder einmal, und dankbar, geschrieben: zur Zeit lebt er in den USA, und will nächstes Jahr auf Besuch kommen.«

»Ja=aber –« wandte der Apotheker betroffen ein –: »ich denk', Sie haben ihn damals im Sarge liegen sehen!«; und auch wir Andern blickten verwirrt Uns und dann wieder ihn, an. Stürenburg zuckte nur die untersetzten Achseln: »Was weiß ich von Geheimpolizeien?« sagte er abweisend.; »Vielleicht hat der SS=Führer – der ja wohl auch, wie damals gern üblich, ›mit seinem Kopf‹ für den Erfolg seines Auftrages einstehen mußte – seinen ganzen Sturmbann antreten lassen.: Vielleicht hat ihm Einer zu ähnlich gesehen .....?«. Er breitete die Hände und stand gewichtig auf.

»Ja aber –« schnarrte der Hauptmann betroffen. »Ja aber –« sagte die Tante unzufrieden. »Ja aber –« dachten auch der Apotheker & ich uns in die überraschten Gesichter. Nur Emmeline schien mit dem Ausgang der Geschichte sehr zufrieden; (vielleicht nur, weil sie überhaupt zu Ende war).

VI

Ich näherte Mich=Ihr also mehr aus Fürwitz

Sie sind ja alle der ›Großen Liebe‹ fähig: die Helden, Politiker, Bürger, Künstler; grobschmiedige Ritter ebenso wie kastrierte Äbte: nur die Sammler nicht!

Mädchen; viele Mädchen: mit Verführerschein Klasse II–IV. Aber die Meisten in so ärmlichen Fähnchen, daß Gott erbarm; die Mäntel aus Tommydecken, hellgrau und steif, nichtsnutzige Futterale. (– Na, nichts für mich. – Die Welt als Vaudeville, mit mir in der männlichen Hauptrolle: so konnte ich mirs schon als Knabe nie vorstellen; eher wie ein finsterer schrankbestandener Korridor, durch den man mit gesenktem Kopfe hinschoß: nichts für mich!)

(Was hätte jetzt Alles geschehen müssen; ich kann doch mit einer Garnitur Wäsche nicht sagen: ich liebe Dich!).

»Ach Jungfraujungfrau: das gabs damals« (zur Steinzeit; laut Erich) »überhaupt noch nich! Das iss ne Erfindung des Monopolkapitalismus.«

Früher waren es kleine Bahnhöfe, die mich unwiderstehlich anzogen. Da saß ich vor einem Bier im verstaubten Licht der gelben Wartesäle; das starke Gold und Rot der Salempackungen; erleuchtete Zugfenster perlten in die Nacht; die fetten und dürren Reisenden – schöne Zeit, die Jugendzeit! Heute sind es (in Bahnhöfen zieht es so; ich bin vorsichtig!) Kaufhäuser. Da geht es auch spektralanalytisch bunt zu; Köpfe rollen vorbei; Arme drängeln; Kleiderdickicht, Mantelwälder; Hände kläffen grelle Stoffe; Augen stöbern; Münder stolpern; Bälle kauern sklavenbunt. Gewöhnlich suche ich mir dann Eine aus.

Sie schritt, klein und mager, sehr vorsichtig, durch die heute besonders billigen Kokosmatten; an Teppichrecken vorbei; (wenn Jemand sie gestreift hatte, notierte ich, klopfte sie anschließend auf ihre rechte Manteltasche. Ah, natürlich: sie kaufte einen sehr schmalen Büstenhalter, und zahlte aus dieser rechten Manteltasche: also war das Portemonnaie drin; und sie fühlte alle zehn Sekunden, ob es noch da sei. Sehr gut!).

Also nichts wie unauffällig hinterher! Durch Rindsledernes; Kakaodünen; Stummelaugen und gaffende Zähne, Wortprothesen; Ohren knorpeln rosa; ah, die Rolltreppe! (Ich nahm einen billigen Neudruck des ewigen ›Struwwelpeter‹ zur Hand, und beobachtete weiter. (Wer wird indes *mich* beobachten, wehe! – Und dann wieder *den* ?: ›Wir Wachen bewa-

F. W. Bernstein: Das geheime Leben des A. Sch.

chen die Wache, die die Tochter des Königs bewacht.‹)).

Die Rolltreppe, feierlich mit Statuen bestellt, glitt unaufhörlich nach oben (schräg dahinter Gürtelnattern, Sockenberge). Sie wartete unauffällig; zögerte – da: jetzt waren zehn Stufen vor ihr leer – und sie betrat fest die gerillte Blechstufe. (Meint also, daß eine überbelastete Rolltreppe durchbrechen könne ? Und wartet immer erst, bis das Ding fast ohne Belastung läuft: sehr gut! Ein sachliches, vorsichtiges Geschöpf).

Ich folgte ihr von weitem auch in den zweiten Stock, wo die Möbel ruhen; Sessel siedeln. Weibliche

Lehrlinge in Schwarzkitteln schleppten pappkartonene Felsen herum. Hier entgingen wir nur mit Mühe den geierfaulen Verkäufern; also wieder hinab!

Und hinaus. Draußen gerann die Luft wie Schwarzglas; unbeweglich, und so kalt, daß man bestimmt den Kragen mit der Hand hochwalzte. Sie harrte klug und reglos am Bürgersteig – schon wieder nahte links ein greller, fauchender Blechmandrill von DKW – vorbeilassen – noch zehn Meter warten (und ich nickte befriedigt: so muß man heutzutage sein!).

Sie hatte fast denselben Heimweg, klein und mager; viel war an ihr nicht dran (aber an wem *ist* heutzutage schließlich noch was dran ? –). Ihr Einkaufsnetz fischerte unbeteiligt, wie Sachen so sind, diszipliniert neben ihr her. Ich beschloß, mich heute Abend, (allein im Kämmerlein; ich bin vorsichtig!) in Dujardin zu besaufen.

Tatsächlich: sie ging noch immer vor mir her. Gervinus=, Inselstraße. Auf dem mit Schneekrusten verzierten Bürgersteig segelte ein Männchen auf sie zu; in schwarzem Mantel, breit, mit flachem Bohèmehut: »Wo iest Nummärrr Neunundzwanzick ?«. Sie wich vergebens aus. Er fluchte flehend, mit gespreiztem Körper: »O: Woo ?!«. Und, enttäuscht: »Du niecht Profässorrr: *ich* Profässorrr!« Und floß auf mich Folgenden zu. Ich trat hoch und breit dazwischen (zwischen meine kleine Verfolgte, und den Nachkommen Rasputins – dabei kann man mich mit einem Finger umlegen!): »Zurück!« befahl ich; »Hier Zweiundvierzig: Hast mein verstand ?«. Er besah mich weißschiefen Hauptes; er wich rechtsum zurück; im Weggehen noch hörte man ihn murren: »Bauern! Alles Bauern!: Essen Zwiebeln und Kartoffeln. Trinken Benzin: Oh!: Bännziehn!«

Ich wandte mich zu dem unscheinbaren Wesen hinter mir; ich sagte: »Machen Sie sich nichts daraus. Der Mann war wahrscheinlich betrunken: Ausländer.« Sie murmelte, mitten in die Nacht hinein; ihr Kopfputz nickte; und verschwand, die Roßdörferstraße entlang (die nach Aschaffenburg führt; ich lehnte mich an die Apothekenwand, und starrte so ein bißchen: also war sie verschwunden.).

Oben: ich betrachtete voller Widerwillen die Schlafcouch: für Zwei würde sie gar nicht ausreichen! Zog auch automatisch die Vorhänge vor; inmitten von Möbelblöcken: immer vorsichtig sein!

Ich küßte auch in den konkaven Mirabellenbauch. Unsere Flüster durchirrten sich; unsere Hände paarten: sich! Ich mußte erst das rote Gitter ihrer Arme durchbrechen, Fingergezweige zurückbiegen, ehe ich die Tomate mit den Lippen am dünnen kurzen Stiel faßte, daß sie sehr meuterte, vil michel ungebäre, und verschluckte sie dann ganz, daß sie süß empört aufwollte (aber ja nicht konnte); so schrie sie nur einmal schwächlich und lüstern; dann klemmte wieder die mächtige Schenkelzange. (Wir ritten sausend aufeinander davon: durch haarige Märchenwälder, Finger grasten, Arme natterten, Hände flogen rote Schnapphähne, (Nägel rissen Dornenspuren), Hacken trommelten Spechtsignale unter Zehenbüscheln, in allen Fußtapfen schmachteten Augen, rote Samtmuscheln lippten am Boden, kniffen mit Elfenbeinstreifen aus denen Buchstaben schimmerten, Flüster saugten, Säfte perlten, abwechselnd, oben und unten.)

Postamt Hodenhagen: Die Motorrollerin mit hellgrauem Sturzhelm!: Sie schlürfte kühn in ihren schlotternden Knöchelhosen zum Geldschalter; eine Hand in der Ficke; zäh hing ihr der wohlberiemte Packsack über die Schulter. Ein kalter Taxatorenblick: – –: dann trat sie ohne weiteres vor mich; schob auch die andere Hand in die Hosentasche, und wartete ausdruckslos mit. (Was mag nun ihr Urteil gewesen sein: ›Kavalier‹ oder ›Trottel‹? – Nu, vielleicht hat sie's ja wirklich eilig. – : Also Trottel! – –

Schatten liefen ihr durch die Augen, der Lippenhimmel verfinsterte; ich ließ meine Hand los, die sofort ins Deckenwarm aufgenommen wurde. »Du ich –« brockte der Mund, ihr Kopf rang einmal wild, die

Nase stöhnte kurz – »weißt Du, daß ich nur ein Fuß hab?!«, und sie stieß ihn jäh unten raus: die saubere harte Prothese bis Wadenmitte. Am linken Bein. »Beim Luftangriff.« Viel rote Schlüpfer leuchteten rundum auf, sonnig, breite Haremsampeln. Fuß war nicht mehr da. Sie fluchte rauh und hoffnungslos. »Aber sonst bin ich ganz in Ordnung« flüsterte ein brüchiger Contralto. Rote Mundschlucht, von Wildwässern überlaufen, aus der leise Windstöße flossen. Ich koppelte nun die andre Hand los, und sie sprang ihr zum Hinterkopf durch die dunkle Haarwiese. Sie schlug einmal schluchzend die Zähne in meinen Unterarm, dann sprach sie stolz: »Ich kann sogar helle Kniestrümpfe tragen. Weißt Du: ganz derbe, sportliche.« Ihre Augen sprangen wie junge Meteore einmal durchs Saalgeworbel; sie streckte die gelbe Armgerte und befahl: »Gieb mir die Strümpfe – da!« Die Decke bauschte sich groß und feierlich; noch einmal. Sie kniete, öffnete vorn für mich, und stützte die Hände auf meine Schultern, mit schimmernden Lichtern. Überall. Dann kamen die langen dunklen Seidenbeine aus den groben Falten, ich fing sie beide, und stellte das sachliche Mädchen neben mich zwischen Bett und Fenster. Ein Unterrock liante und paßte. Ein Kostüm überschlüpfte. Ein langer Mund plauderte: »Du ich hab ein schönes großes Radio.« »Katrin: !«

Schopenhauer hielt vor allem *der* Gedanke vom Heiraten ab, daß er sich dann nicht mehr genug Bücher kaufen könnte.

»*Sauf lieber nich immer so viel!*« ausforderte sie giftig; er erwiderte einiges Passendes; sie stemmte sofort den Zeigefinger an die Stirn und begann den nächsten Satz mit ›Blödmann‹; ich entfernte mich diskret aus der hell möblierten kleinen Privathölle, wo schwere und behende Stimmen ihre Schicksale beklagten.

Die Eine: 6 Fuß groß; weißgelb geringelt im zaundürren Wespenkleid, ›Wie die Alten den Tod gebildet‹; endlose Armstöcke, tiefbraune, knieten vor ihr auf dem Tisch; scheinbar Verlobungsring; Busen zumindest zur Zeit nicht feststellbar. Bussardig hakte die Nase aus dem Irokesenprofil; der ungefüge, fast lippenlose Mund; randlose Brillengläser ritten vor knallrunden Augen: ›Hatschi!‹ (und das sah allerdings trostlos aus und wackelsteif, wie wenn Backsteingotik nieste oder ein Hochspannungsmast). / Die Andere: klein und bauerndrall; rotgestickter Mund in talggelbem Slawengesicht; Finger lagen unordentlich um die Tasse, hell und krumm wie Hobelspäne; und aus dem fetten Vokalgemische sprudelten lustig die harten ›r‹: »Ah, Pieronje bei Gleiwitz« erkannte Erich angeregt die Nationalität. Das höllenfarbene Mädchen bog den schlanken Stielleib hinüber, Augen belichteten uns kurz, die Kleine wischelte einschlägig; und auch Erich fiel eben unnötigerweise aus der Rubrik ›Oberschlesisches Liebesgeflüster‹ noch ein: »Warum nimmstu Fin-gärr?: Nimm doch IHN!«

Mädchen in der Stadtbahn: mit zartgrauen schicken Ringen um die Augen (und einem so spitzen roten Mündchen, als pfiffe sie ständig: wie muß das erst aussehen, wenn sie wirklich pfeift?!)

Dumpf & Lange; (murmelte der Kessel ob der Kochplatte): »Wat sechcht häi?«: »Daß man die Menschen wegspritzen sollte: die Männer mit 45; die Frauen darfsDu ent=scheiden.«

Gewiß, auch stätischere Teilnehmer: er Tarzan von Schneiders Gnaden, sie Gans Miß Celle, und Beide Subscribenten bei Bertelsmann. Unverantwortlich leichtgekleidete Handlungsgehülfinnen, mit schicken Shakehändchen, sie zeigtn nach Kräften, was sie nicht hatten; und ambiwitzige Kaffeereisende, ungedolldich auf Globeletten, (man konnte sie für Hochschullehrer halten, hätten ihre Gesichter nicht so intelligente Ausdrücke gehabt).

Wolkenschau (wie Urteil des Paris): eine schlanke Schnelle in ganz anliegendem Weiß; eine vornehme Dicke mit kurfürstlich gebogenem Popo, und erhabenem Busenfett, wie von den Römern erbaut. (Später noch die freche Dürre mit rotem Wildererkopf und schmalgehurtem bläulichem Rücken: also kriegt n Die!)

Sie lief, schlenkrig verfolgt von ihren Kleidern, grillenschlank, meine braune Zikade. Kam in Gottesanbeterin=Stellung auf mich zu, legte mir die scharfen Vorderbeine über die Schultern, und versuchte lange, mich zu verzehren. Mit Händen; mit Zähnen. Dann schaukelten die Aktentaschen außen neben uns. Ringelblumen machten Lachsaugen durch Zäune, zuerst nur 2, dann standen sie förmlich Spalier vor Neugierde, eine steckte sofort den Kopf unter Selmas Rock, daß ich entrüstet pustete: das überlaß ma in Zukunft gefälligst mir, werter Luteolus! Sie fragte gleich, und nickte dann mehrmals hochbefriedigt ob solcher Eifersucht: so soll es sein!

Richtig: da war auch das Vertikow; mit Spiegelchen, Beulen, Zinnen; ein Borobudur von Mahagoni. Echtem. Aus Holz kann man Alles machen: sie fuhr einmal beherrscht und glücklich mit der Hand um ein drallgedrehtes Säulchen: so mochte Tristan die Isolde gestreichelt haben, oder Kara ben Nemsi den Rih.

Die kesse Schaffnerin: sie machte ein paar plauderhafte Gebärden, mir mitten ans steinerne Herz. Fahrplanene Hände; ans kursbuchene Herz. Quittegelb im Gesicht, and with a desparate air of enjoyment. Winkte mehrmals mit den Augen; machte den Mund lasterhaft, wie das ›u‹ in Hure. – (Konnte aber auch sein, daß ich mirs bloß einbildete: von mir aus kann sie Hintermayer heißen, 6 Kinder und 1 Mann haben. Oder umgekehrt.)

Früher, als junger Mensch, hab' ich mir wohl auch eingebildet, die Mienen= und Gebärden=Sprache sei von Liebenden erfunden worden – so ›Nachbarskinder‹, von ›harten Eltern‹ vorsichtshalber auf Armlänge auseinander gehalten; (obschon mir dunkel schwante, daß die sich nach & nach nachdenkliche Sachen telegrafiert, gewinkt, hinundhergezeigt haben würden; a=part a=part.) Später dacht' ich, es könnten kluge Diebe gewesen sein, nachts, in behelfsmäßig erleuchteten Juwelierläden; oder auch abhörgerätumstellte Politiker, in den Sieben Bergen, ruhend auf Rasengrund, zur Koalition bereit. Heute weiß ich, daß es zwei ältere Männer an der Kreissäge gewesen sein müssen; nach ungefähr 40 Minuten.

Ihre Mündung fing an, Wortgarben zu feuern: rote Vokale prallten an (rikochettierten); Konsonanten hummelten und querschlägerten, dum=dum; sie schüttelte die strammen Haare und blähte Augen. (Dazu die weiße Terzerolhand mit Zeigefinger, die unerbittlich auf ihn angelegt hatte): »Nimm gefälligst Deine Camemberts vom Stuhl runter!«. (Strümpfe, wie sich dann herausstellte: »Dir fehlt bloß noch, dassu priems!«).

Er kippte den Oberkörper vor, und leerte 1 Ohm Schimpfworte über sie aus:

»*Du?:* Du biss eine große Flaume!« schrie er wütend. »Das solltest Du nich sagen« (sie; pikiert) »zumindest nich in meiner Gegenwart. – Auch iss es schwer, 15 Jahre mit Dir gelebt zu haben, und keine Flaume gewor'n zu sein.« (Also regiert *sie*!).

Für die Zeit der Buchmesse sind bis jetzt 11 Besuche angekündigt: ma Dame jauchzt vergnügungssüchtig; ich stampfe & knirsche. / Am 10.10. soll ich beim

Deutschen Schriftstellerverband in Hannover vorlesen: ma Dame jauchzt vergnügungssüchtig; ich stampfe & knirsche. / Für nächste Woche ist der Ankauf einer stabilen, dabei aber weich durchfedernden Couch vorgesehen: ich jauchze vergnügungssüchtig: ma Dame stampft & knirrrscht (2 ›r‹ sind Zugabe, aus reiner Gebelaune, damit die Zeile nicht allzu ungleich würde).

›Clitoris‹ als Mädchenname?

VII

Von allen guten Geistern ohnehin verlassen; zumindest seit 3 Tagen

Und Auspuffgase ziehe ich dem feinsten Qualitätsweihrauch vor.

›Dieu‹ sagt man bei uns nicht; ich hab mit dem Mann zu viele Schwierigkeiten gehabt.

›Sollen Zimmerleute an Gott glauben?‹. Ich jedenfalls würde einen vorziehen, der zum Dachstuhl solcher Hypothesen nicht bedarf.

Ich protestiere an dieser Stelle feierlich gegen die heute unaufhörlich kursierende falsche Wortmünze von der ›christlich=abendländischen Kultur‹. Eine ›christliche Kultur‹ ist, eben wegen der dort grundsätzlichen Diffamierung von Kunst und Wissenschaft, ein Widerspruch in sich! Unsere abendländische Kultur, auf Altertum und Renaissance beruhend, ist im härtesten Kampf *gegen* die ausgesprochen *kulturhemmenden* Kräfte des Christentums entstanden! Also Schluß mit dem klangvoll=widersinnigen Silbenfall!

Wenn ich tot bin, mir soll mal Einer mit Auferstehung oder so kommen: ich hau ihm Eine rein!

Man verehrt Gott mit hausbesitzerhafter Sicherheit, gleichsam wie den absolut verläßlichen Vorsitzenden seines Vermieterverbandes – wenn einmal der Ätna ausbricht, und 20.000 Menschen qualvoll verrecken: ER wird schon seine Gründe dafür haben; und Hamburg ist, gottlob, solider fundiert.

Ein Gott möchte ich gar nicht sein : viel zu langweilig, so zuerst. N Halbgott, das ja!

Haus: sofort rochs nach Herrnhuter Losung! Ein Harmonium dehnte einen Choral (Christenschlager: irgend einer ihrer musical hits: einem Gott wurde Schlimmes nachgesagt: daß er nämlich die Welt geschaffen hätte. Und wir ergo aufdanken müßten; – oder niederbeten, was weeß ich!) No, ich schlug mein Gesicht in militärene Falten, und stellte mich stumpf an den Strom der Zeit: gelernt ist gelernt; von mir aus kanns jüngste Gericht mitsamt dem jüngsten Gerichtsvollzieher kommen: bei mir ist nichts zu holen!

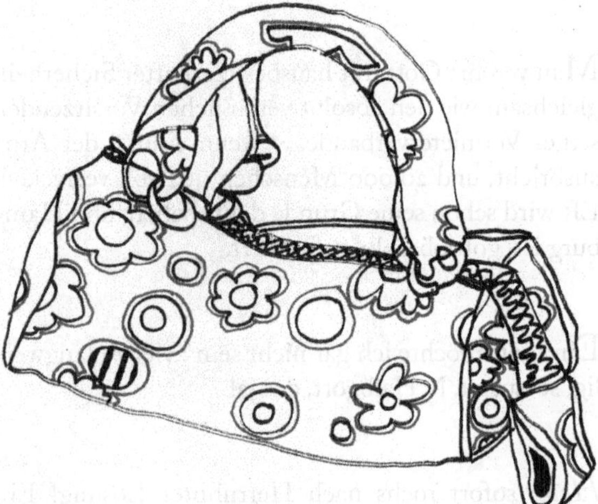

Wenzel Storch: Arno Schmidts Kulturbeutel.
Der Beutel enthält: 1 Zeilenzähler, 1 Rasierpinsel, 2 Zimmermannbleistifte, 1 Röhrchen Gelonida, 20 Maggi-Würfel, 5 Tütchen Nescafé, 2 Fläschchen Wacholderbrand, 1 Pinzette, 1 Efeublatt von Wielands Grab

Ein Reh-, ein Ree-, ein Reesender: vor Webers Tür, wechselte das Kennwort, und kam bekehren: zur Neu-Apostolischen Kirche, und wurde fromm-vertraulich-frech, wie alle diese Zünftler: »Ich besitze das Buch der Bücher,« sagte er eindringlich und ekel heil. »Die Encyclopaedia Britannica?!« rief ich falsch und künstlichneidisch: »Donnerwetter!«, und wir sahen uns fest und verächtlich an, ein bißchen, heiliger Holbach, was gibts noch für Trottel! – »Nur eine kleine Spanne Zeit sind wir unten: betrachten Sie alles Eigentum nur als geliehen: Haus, Gelder, Kleider – –« (seine sahen auch tatsächlich so aus). »Der Herr Christus: nur ganz einfache Leute hatt' a zu Verkündern und Aposteln genommen: die nich Lesen und Schreiben konntn!« (sinnlos triumphierend!) »Da halten Sie ja immer ganz streng drauf«, sagte ich angeekelt, ließ den Kerl weiter dalbern.

S. H. Herrn
F. G. Klopstock, Superintendent.
Schul-Pforta
bei Naumburg/Saale.

Sehr geehrter Herr!

Anbei den Messias zurück.

Ihr
Arno Schmidt

Ein Buchtitel fiel mir ein: »Hör mal!« = Gespräche mit Gott.

Was heißt schon ›Erhaltung der Energie‹?!: ich werd Ihn' mal ne Handvoll Pulver hinhalten: ob's das Straßburger Münster war, oder der große Cäsar Staubundlehmgeworden?

»*Papst Pius der Soundsovielte:* schwer erkrankt«, und ich hob nur die Augenbrauen im abweisenden Weiterdrehen: wer fährt heut noch im Zeppelin?! (Wenn ich bedenke, daß keiner unserer sechs großen Klassiker katholisch gewesen ist ….. Wenn ich fernerhin bedenke, daß die Hälfte von ihnen – oh, die weitaus bessere Hälfte: Lessing, Wieland, Goethe (zeitlich geordnet!) – feind jeder geoffenbarten Religion war …….: so weiß ich, was ich weiß!)

Mein Vater war zweimal in seinem Leben in der Kirche: als er getauft wurde, und 1926 beim Platzregen.

Tod? Gott?: ach, du lieber Gott! Selbst der schönste Abendhimmel überm Ostermoor bleibt nicht: wie sollte ich Stinkbombe denn ewig sein wollen?!

Hinsetzen: Was wäre die einzige Rettung der Menschheit? – Wir, keiner von uns ein flacher Kopf, erfanden im Takt das Mittel: ›Pantex‹.

›*Pantex*‹: – : die Kombination Raum=Zeit=Licht ergibt ein sanft strahlendes Energiegemisch; das – ähnlich wie die Gravitation – immer ›da‹ ist: und diese Strahlung wird eben ›nutzbar‹ gemacht; zu ›Pantex‹, dem ›Allseher‹! »*Alles sehen?*« : »*Je nun*, es hätte ja wohl seine Grenzen: ungefähre Sichtweite wie Kurzwellen und Television: sobald sich die Erdwölbung dazwischenschiebt, ist es aus. Aber das wird leicht durch ein dichteres Sendernetz ausgeglichen.« / »Und hier: wenn ich *den* Knopf drücke –« (sein Finger tupfte Erdachtes hinein) »– *höre* ich auch Alles! – Nee: schmecken und riechen nicht! Ja nicht!«. / (Und wir schauderten eine Zeit lang. Vor dem bloßen Gedanken.).

»*Wenn man das Zimmer verdunkelte, wäre* also nichts zu machen?«. / Mit Pantex, dem Allseher; die Selenscheibe genau gerichtet; Germaniumkristalle; elektrische Mitte; 3 Skalen: Richtungswinkel phi; Entfernung e; automatisch damit gekuppelt die Vergrößerung n (bis auf Lebensgröße – man kann natürlich auch noch zusätzlich mit der Lupe ran gehen: lippenleckend: ›Lupe‹!).

»*Neinein: ehelicher Beischlaf* darf nur bei 13 Grad Dämmerung – oder darunter – vorgenommen werden.« (An jeder Wand müßte also das geaichte Fotometer hängen: neue Industrien! – – »Nein: auch Maskenvorbinden schützte vor Strafe nicht!«).

Im Halbdunkel (unter 13 Grad Schmidt) wird natürlich grob gesündigt: aber das hat man ja zu Christenzeiten sogar munter im Hellen getan. (Die behaupteten: ›Gott sieht Alles‹; aber das war eine reine Hypothese. / Heute gälte dann: ›Frau Lehmann sieht Alles‹: das wäre eine Tatsache! Und wirkte wesentlich anders: denn um Gott hat sich praktisch kaum noch jemand gekümmert: um Frau Lehmann Jedermann!!).

Dabei: wenn Kunst und Technik lediglich auf die Antriebe und Arbeitshypothesen des Christentums angewiesen wären: in Höhlen wohnten wir noch, fellgekleidete Anachoreten, schäumenden Mundes um Dogmensplitter keifend! Höchste Spitze Dostojewskifiguren: Menschen ohne Renaissance; formlos; brackwassertretend; in allen rotten boroughs kauernd, und literarische Schwedentrünke vomierend: ».... Es danket DIR mit Herz und Mund / die arme sünd'ge Made. / Dein Leichnamsduft durchweh' dies Haus, / Dein Blut bespreng die Herzen .....«. Die andere Seite würde Herms Niels und ähnliche Shatterhands beisteuern. –

Die Meldungn über Lettland : wie das aufgeblüht wär', seit seiner Zugehörichkeit zur ßowjett=Unjon ? ; selbst'ie FischFänge seien reicher gewordn . . . (& immerfort leis'=untermalt von apartestn ›Dainos‹, (Wort= & Gedankn=Gut aus'm 30=jähr'jin Kriege); wozu sich's Volksträchtich drehte, im volkstümlichn VolksTanz, den VolksDaum'm im Volks=Arsch : ϙ–)/ (W, indigniert) : »A'so saudumm laß Ich gern=geltn; aber disiss doch *zû*=saudumm! : daß se nu, seitdem se zu LENIN'n bêt'n, sofort mehr=Fische fangn? – : ! –« / (NajadDu): »Lies JOHANNES 21, Vers 3–6.« /

»Wenn ein Feiger heutzutage seinen Mut beweisen will, dann protestiert er gegen die Atombombe=allgemein. Das ist so schick & gefahrlos, daß De im unverbindlichsten Causeur=Ton fragen kannst : ›Ach, sind Sie auch so gegen die Bombe?‹. Aber über ›Die Religion‹ sags'De am besten gar nischt – über's Kristentum, heißt das« präzisierte er.

Gott verflucht Adam: Warum?: Weil er Obst gegessen hat!! : das muß sich Einer mal vorstellen!

(Modernes Gebetbuch: »In Flugzeugnöten zu singen«; »Gebet mit m besoffenen Chauffeur«; »Herr, laß die U-Bahn mich erreichen«. Ich kann nischt für meine Natur: bei so was fangen gewisse Organe in mir an zu zucken, und ich erzählte ihr gleich von »The Book Of Mormon«, welches im Jahre 420 schon wußte, daß John Smith aus Vermont es am 22. 9. 1823 auffinden würde.): »Es ist nichts so absurd, daß Gläubige es nicht glaubten. Oder Beamte täten.«

Während ner Bahnfahrt schlafen können iss ne Gottesgabe (also hab ich se natürlich nich!)

(: ›Wer an Schwindel leidet, soll nach SonnenUntergang 3 Mal nackt um ein FlachsFeld laufín: dann bekommt der Flax den Schwindel!‹)

»*Haa – lee – luh : ja!*« (Hallelu: nein!)

VIII

Wer nur kann groß sein? Künstler und Wissenschaftler!

›Kunst‹ kenn'n Die nur noch in Verbindung mit ›Turnen‹ und ›Eislauf‹.

Aber der Dichter hat keine Einsicht in den Bau unserer Welt, wenn er nicht aufmerksam und mit Begierde die Arbeit des Technikers und Naturwissenschaftlers verfolgt! Und der Techniker muß einsehen, daß eine ärgerlich=Langbeinige nicht bloß ›einschaltet‹; sondern: »sie gab dem Schalter einen tückischen Kleinklaps«: so heißt es!

Ist es nicht schrecklich ?!: Wir sind heute soweit, daß wir im erschütterndst=ratlosen Dreiecksverhältnis zueinander stehen: in A der Techniker im Formelpanzer; in B der Künstler in buntschillernder Nebeltarnkappe; in C das unsäglich arbeitsüberlastete Volk – alle Drei hin= und herhuschenden Priestern und Demagogen gleichmäßig ausgeliefert! Wir stehen wie die Neger voreinander; unfähig, uns zu verständigen: das Volk nennt den Künstler ›verrückt‹, weil es keine Zeit und vom Staat (absichtlich ?) zu wenige=falsche Ausbildung erhält, um ihm bewußt folgen zu können. Der Künstler schilt das Volk ›verständnislos‹; den Techniker ›unmenschlich‹ (obwohl es wiederum nur der Staat ist, der die Arbeitsergebnisse der Naturwissenschaften machtvoll verfälscht!). Der Techniker verläßt enttäuscht die Ebene der faulen Landessprache, und entwickelt sich sein eigenes Esperanto; oft unbeholfen genug, man denke nur an den larvenhaft=vielgliedrigen ›umgekehrten Uhrzeigersinn‹.

Lore besah mich Wolkigen, rätselte an meinem Gesicht; endlich fragte sie behutsam und teilnahmsvoll: »Nimmt Dich Musik so mit?« Ich bat flehentlich: »DU: –« brach ab;: »ja« sagte ich bitter: »Kunst überhaupt! – Weißt Du, für mich ist das keine Verzierung des Lebens, son Feierabendschnörkel, den man wohlwollend begrüßt, wenn man von der soliden Tagesarbeit ausruht; ich bin da invertiert: für mich ist das Atemluft, das einzig Nötige, und alles Andere Klo und Notdurft. Als junger Mensch: 16 war ich, bin ich aus Euerm Verein ausgetreten. Was Euch langweilig ist: Schopenhauer, Wieland, das Campanerthal, Orpheus: ist mir selbstverständliches Glück; was Euch rasend interessiert: Swing, Film, Hemingway, Politik: stinkt mich an. – Du kannst Dirs gar nicht vorstellen; aber Du siehst ja, daß ich nicht etwa »blutleerer« oder papierener bin, als Ihr: ich reg mich genau so auf und begeistere mich, und kenne Ungeheuer, und hasse.« Pause: anderes Thema: »... und liebe ...!« schloß ich galant. »Du lügst!« sagte sie entrüstet: »entweder

MONTAG

18

JANUAR

*1689 Charles de Montesquieu, Bordeaux
*1871 Franz Blei, Wien
*1872 Paul Léautaud, Paris
†1873 Edward G. Bulwer-Lytton, Torquay
*1882 A. A. Milne, London
*1914 Arno Schmidt, Hamburg-Hamm
†1936 Rudyard Kipling, London
†1941 Anton Kuh, New York

Köln. Januar. (Eigener Bericht)

Den Sieg im diesjährigen Arno-Schmidt-Ähnlichkeitswettbewerb - Kategorie 8-12 Jahre - verpaßte Kai Eggers (sic!) knapp: falsche Augenbraue.

Nikolaus Heidelbach

liebst Du Wieland oder mich ...«; ich bewies ihr manuell, daß man Beides vereinen könne, bis sies erschöpft glaubte: »... und das will ein Intellektueller sein ...!« sagte sie boshaft: »außerdem darfst Du Dich rasieren.« – »Das ist der Dank!!«

Schnorr von Carolsfeld »Hochzeit zu Kana«: schöne Farben; aber sonst Magermilch.

Ich will es nur frisch gestehen – ich bin einmal, trotz AUGUSTINUS oder ROUSSEAU, (die ich Beide nicht mag), beim ›bekennen‹, sprich ›Mich=kompromittieren‹ – daß ich, als Vollblut=Schriftsteller, es ist dies mein gutes Recht, ›Musik‹ danach beurteile, ob sie

a) mich nicht stört; oder aber

b) mich sogar fördert.

(Jeder Komponist wird aufschreien, klar; das ist wiederum *sein* gutes Recht: versteht *er* doch unter ›Literatur‹ das, was ihm ein leidlich=brauchbares Libretto liefert.)

Und ›Die Musik‹?: kann ihre Herkunft aus FöglSang & BalzGeröchl ooch nich verleugnin!

Käse war eingewickelt in »Befreite Kunst«, Ausstellung in Celle. Auf dem Titel eine Abbildung: Barlach: »Der Geistkämpfer«: also so ein Krampf! (Gekrille). Da lob ich mir Rodins Denker! (Obwohl da auch was nicht stimmt: selbst unbekleidet macht es Mühe, den rechten Ellenbogen so auf den linken Oberschenkel zu setzen, *und* noch dabei zu denken!). Dabei hatte Barlach oft was gekonnt! Aber das hier war blöd. War bei uns Allen wohl so.

Das ist mein größter Einwand gegen Musik, daß Österreicher darin exzelliert haben.

»*Es gibt Menschen* – moralische Abnormitäten, und ihre Anzahl ist größer, als man annimmt – die man nur beschreiben, nicht mehr verstehen kann: so sah ich einmal Einen, der las bei seinem Wiener Schnitzel und mashed potatoes, mit Einlaufsuppe vor- und Flammeri hinterher, eine ganze Stunde lang in Dostojewskis Totenhaus, und nachdenklich: – freilich war es ein leitender Angestellter der Textilbranche …«

Die Ernstzunehmenden sind natürlich die Anderen, Männer wie Weiber. Meist breit, mit energisch=

fleischverhangenen Gesichtern, die Fahrer; sämtlich fähig, 'ne abstrakte Kleinplastik notfalls als Büchsenöffner zu verwenden; (ich bin nicht für's Moderne; man hat es vielleicht schon gemerkt).

Mir fiel unwillkürlich ›Lohengrin‹ ein; ('n ganz hübschis Stück, wenn de Musik nich wäre)

Wenn man Lessing verachten lernen will, muß man den Laokoon vornehmen: »Der Endzweck der Künste ist Vergnügen. Und das Vergnügen ist entbehrlich. Also darf es allerdings vom Gesetzgeber abhängen, welche Art von Vergnügen er gestatten will.« Und das ganz im tierischsten Klassikerernst: das waren ooch dolle Hähne!!

»Musik zu Tisch: vom Deutschlandsender«; und wieder der beliebte volkstümliche Melodienbuhurt, opus 0,5.

Und das Körchen da=hintn schlug in die Hände, als ob's keine andern MusikInstrumente mehr gäbe.

2 mal 2 (und er wurde beim bloßen Zuhören so wütend, daß man ihm bläßlich gut sein mußte!): »Der Lügner würde behaupten: 5! – Der Neutrale: weder 3 noch 6.« – »Und sonst kennen Sie keine Alternative?!« (erstickt; die bessern Kreise). »Doch« sagte ich nachdenklich: »soo – der vorsichtige Esoteriker würde sich etwa äußern: Logarithmus 10 000 oder so.« »Und?: Wie wäre es mit 4!?« schlug er verächtlich vor. »Ja, das sind die ausgesprochenen Fanatiker!« lehnte ich sofort ab.

Der Fall ist so selten nicht, daß Einem bei Geigenvirtuosen Messerwerfer einfallen.

Der hagestolze Mond (fast noch voll). Ich hatte mich immer noch nicht beruhigt, und beschloß, rachsüchtig, auch einen test zu machen (felibre läßt das Schreiben nicht) Also: auf gehts:

1.) Kennen und schätzen Sie Meyerns »Dya-Na-Sore«, Moritzens »Anton Reiser«, Schnabels »Insel Felsenburg«?

2.) Sind Sie der Ansicht, daß ein Künstler auf Geschmack und Niveau des Volkes pfeifen sollte?

3.) »Des Menschen Wille ist nicht frei.« – Glauben Sie das?

4.) Ziehen Sie Wielands »Aristipp« oder die »Forsyte Saga« vor?

5.) Haben Sie Ihre Eltern zuweilen verachtet?

6.) Sind Sie abergläubisch?

7.) Haben Sie einen Freund, der Ihnen ernsthaft die Lektüre von Klingers »Raphael de Aquillas« empfahl?

8.) Hassen Sie Alles soldatische und Uniformierte?

9.) Können Sie kurz den Inhalt von Jean Pauls »Campanerthal« angeben?

10). Halten Sie Nietzsche für einen mediokren Geist (aber großen Redner)?

11.) Sind Ihnen Boxen, Film, Mode, feines Benehmen, sehr lächerlich? Dann stach mich der Teufel und ich schrieb (ich kann *Alles* schreiben und rufen: ich bin ja allein!!):

12.) Ist Ihnen zu irgend einem Zeitpunkt Ihres Lebens dieses ein Zweifel gewesen: ob irgend ein heiliges Buch, als Klopapier verwendet, Ihnen das Gesäß sengen könnte? –

Setzen Sie für Ja + 1; für Nein – 1 und addieren Sie: *Sie täten am besten sich zu hängen.* (Damit war ich endlich den Komplex los).

Schlagerstars, die, mit den glücklichstn Anlagn zum OperettenStatistn, die Stimme der Natur überhört hattn.

adversus mathematicos: (obwohl ich selbst einer bin!); ich hatte gesagt: in 900 von 1000 Fällen ... »Also 9: 10« vereinfachte ers: ich hieb die Augen auf den Klotz: »900 von 1000 ist *nicht* dasselbe!!« sagte ich scharf. »Und wieso?« fragte er, nasenhaft lächelnd. »Na, da denken Sie mal drüber nach –« erwiderte ich klobig: »schlimm genug, wenn Sie Ihren Kindern so was beibringen. – Und 9000 von 10000 ist noch besser.« (So konnte nur Einer kucken, der als den wichtigsten Faktor im Leben noch nicht das Glück erkannt hat!): »Wenn jeden Tag ein Schuß auf Sie abgefeuert würde, wären Sie bei 9: 10 garantiert am 10. Tage in den ewigen Jagdgründen: aber bei 1000 Fällen könnten Sie möglicherweise 2½ Jahre alt werden: das setzt nämlich voraus, daß 1000 Fälle da sind!« »Ähä« machte er betroffen: »das Kürzen ist also eine reine Fiktion ...« »Nu, nich direkt ne Fiktion –« sagte ich wohlwollend: »man muß bloß wissen ....«; er hatte Offenbarungen erwartet und saß mit gespannten Augen, wagte aber andererseits auch nicht, mich kunstvoll Träumerischen anzutreiben: so wurde eben aus der Offenbarung nichts: bäh!

Wenn ich ein offenes Fenster sehe, ärgere ich mich schon im Voraus über den Schlager, der mir daraus entgegenblöken wird – 'ss 'ne andere Generation: Abdomen wie Betonmischer; ElektrikerNerven in Augen & Ohren, tz ...

Das weiß die Statistik, daß zu normalen Zeiten die Kriminalität etwa 1% beträgt; oder, rauher ausgedrückt: von 100 Mann hat im Durchschnitt 1 ›gesessen‹; (nach Kriegen oder sonstigen ›Großen Zeiten‹ verdoppelt sich, wie billig, die Zahl).

Schwieriger wird es schon, wenn man nach der Verteilung auf die einzelnen Berufe fragt – denn ›Arbeitsscheue‹ oder ›Prostituierte‹, oder gar schlicht ›Verbrecher eben‹ ist ja eine wenig befriedigende Antwort. ›Nitrit=Fleischer‹, schön (oder vielmehr: nicht schön!); aber dergleichen ist gewissermaßen ›saisonbedingt‹, und löst immer noch nicht das Problem: ob Schornsteinfeger öfter straffällig werden oder, je nun, sagen wir Fahrradhändler. Vielleicht gelingt es mir, solch intrikate Frage im folgenden entscheidend voranzutreiben, wenn ich *den* Beruf nenne, der, unschlagbar nun und immerdar, das Feld um 10 Längen anführt:

Es sind die Künstler!

Zeigte sein neues Oberhemd, weiß Gott! und ich besah dem Blödling den zart gemusterten Ärmel: »Als wenn Aristoteles selbst es gearbeitet hätte«, mühsamte ich lobend; er erschrak des Todes: aus seinen Augen fragte es: Aristoteles? aber ich ging erschöpft darüber hinweg. – »Wer nicht besser ist, als sein Vorgesetzter, ist kein Untergebener«. – »Zum Vorgesetz-

ten muß man also schlecht genug sein – ?« meinte er ironisch; ich nickte so unbeteiligt, daß er ganz wütend wurde (dabei war mir heute wirklich jedes Thema wurscht!). – Große Männer: »Nur was tatkräftig ins Leben eingreift, die Welt gestaltend verändert: kann wahrhaft groß sein!« behauptete er (sah also im tätlich werden das Kriterium). »Alexander!« ausfordernd; »Ludwig Tieck« sagte ich verschwollen; »Bismarck!!« rief er mutig; (und mein Ohr quälte mich); »Fritz Viereck« flüsterte ich: er horchte mit geriegelter gerunzelter Stirn; ging bald, kam wieder.
Pause (schön!)

»Wer war dieser« (betont): »*Viereck!*«. »Haben Sie im Lexikon nachgesehen?« fragte ich neugierig und kränklich neidisch; er nickte kalt und beherrscht, verbissen und fürstlich;: »Jaja – Viereck – –« sann ich, schüttelte den Kopf, abwesend, schlug unsichtbaren Mantelkragen hoch (er merkte es und ging endgültig ab): das war der exzellenteste Rum gewesen, den ich je gekannt habe; fast göttliche Verehrung hatte der Mann unter uns genossen: Fritz Viereck, Stettin ......:

Farbenblindheit ist selten; Kunstblindheit die Regel (aber soll ich mich etwa deswegen für pervers oder im Unrecht halten?!). Das ist ja schon ein Sanskritsprüchwort, daß die meisten Menschen nur noch Funken geben, wenn man sie mit der Faust ins Auge schlägt!: also male Maler, schreibe Dichter, mit der Faust! (Denn sie müssen ja irgendwie aufgeweckt werden, die Halbmenschen hinter dem Grenzpfahl: drum laß Dich getrost »Schläger« schelten von den Furchtsamen; »Brandstifter« von den Feuerwehrleuten; »Ein-Brecher« von den Schlafenden: möchten sie ihren betreffenden Göttern doch fürs endliche Aufwachen danken!).

Das iss einer der (mehreren) Flüche der modernen großen Radios: daß sie so viel bringen! Von Millimeter zu Millimeter schwätzt=rasslt=kreischt was Anderes! / : diese TonKarikaturen der Modernen, Opus Nummer Null, (giebt's übrijens, beim HAYDN), wie wenn Einer, mit der größt'n Wut, unaufhörlich seinen Contrabaß stimmte (und Die dünkt's Musik, die einen Aldermann tanzen machen würde!), Strafe für KapitalVerbrechen: Totpauken lassen, durch eine Rock=Kapelle, was sind ›angewandte Trompeten‹? Und der Unterschied zwischen dem Elvis Presley Rummel, und einer Oper von Penderetzki dünkt mich gering: wie armselig ist nicht diese ›Pittsburg Ouvertüre‹!? / Wieder 'ne andre, höchst nervenbeunruhijende Weise, (›jede Neue Musik ist eine Kritik der voraufgegangenen Alten Musik‹ – welcher Hans $\frac{\text{wurst}}{\text{lick}}$ hatte dàs gleich wieder zum Besten gegeben?

und Der gab nur 1 winzijen Daumenzeigefingerruck – ? – : Kirsten Flagstad brüllte auf! (Die ulkigste ›Tristan‹=Aufführung: der Tenor war besonders klein ausgefallen, und hing ihrer HammerwerferinnenFigur förmlich über den Arm 'runter. Atmete auch so gewaltig ein, daß ihm sein Schnurrbärtchen in den Hals rutschte, und er sich in rasendes Husten auflöste, tz. / Mirella Freni: die ausdrucksvollste StupsnasenTraviata.

Mir widersteht die hoffärtije Einstellung der Arbeiter & Bauern : das Wesn des Intellektuell'n sei durchdrungen von unerfreulich=glasscherbijer, reciproker Barbarei; (& eigntlich gänzlich=überflüssich) – : Ich seh nich ein, warum das den Tüpm unwidersprochn hingeh'n solle? –

Den Mund voller Schlager, mit denen man Wühlmäuse wegsingen könnte.

Quiz: die achte Klasse der Volksschule von Castrop=Rauxel (lateinisch für Wanne=Eickel) gegen Sachrang (wo die große FernsehSerie … ganz recht); man sah Alle(s) bis auf die letztn Sommerspross'n. *Frage* : der Erbauer der St. Paul's Cathedrale? *Ant-*

wort : Sankt Paul. (Der des Straßburger Münsters ergo Herr Straßburger – ›Kultur‹?: was Wir um Uns sehen, iss eine Parodie auf die Kultur in ihren letztn Zuckung'n!).

›Tandaradei – tandaradei‹ – (singelte die ins süß=mädchenhafte verstellte Stimme irgndsoner 30=Jährjen; unglaublich blöd !) / Ich) : »Jaja : erst ›Tandaradei‹, und ›dann der Radau!‹«

Ich will die Welt nicht aus nationalsozialistischer Sicht sehen! Und ebensowenig aus Kommunistischer! Welch homerisches Gelächter würde sich nicht erheben, wenn ich ein Lehrbuch überschriebe ›Hessische Mathematik‹ (im Dritten Reich hat man dergleichen Possen freilich getrieben, ›Deutsche Physik‹, – deren vornehmstes Kennzeichen darin bestand, daß man Einstein wegließ). Was nützt also einem objektiven, lediglich Wissen suchenden, Leser die katholisierende Weltansicht eines ›Herder‹? Allgemein: *was nützt ein Nachschlagewerk, das dem Andersdenkenden peinlich, anstößig, und ergo unbrauchbar ist?!*

Dicht am Aurodrom der Bauernmusik – es klang wie eine Übung der Himmlischen Miliz!

Auf dem Straßenstern das Standbild; so geschickt gestaltet, daß man nicht auf Anhieb sagen konnte, ob es Bismarck darstellte oder die Jungfrau Maria: sehr zeitgemäß! Ein anschlägiger Kopf, der junge Bildhauer; ich kannte ihn persönlich; würde es noch mal weit bringen: »Nein; ne ›Germania‹«.

Das Volk hat sein *Anrecht* auf Unterhaltung! Nur wäre ihm vielleicht, ab & zu, zu bedeuten: daß es sich bei seinem Zeitvertreib *nicht um Kunst* handele, sondern um *Kindernahrung*.

Samba, Samba: noch von fern näselte Einer süß aus den Hüften und im Boptakt: Allerdings / sprach die Sphinx / dreh das Dings / mehr nach links /: und da gings /: oh, Deutschland, mein Vaterland!

»*Großer Gohott wir lohoben Dich:*« (aus Evers' offenem Radio drüben, während die Alte Koteletts niederknüppelte und ihr Kleid auskehrte; und dann fing erst das eigentliche Gegospel an). Auch auf Langwelle kaute man feierlich an Dschieses Kraist, Orgeln brummten kuhwarm, und es war keine Rettung vor all den Molkereien der frommen Denkungsart. Halt: Radio Moskau, pfiuwitt: und irgendein ›Charakterstück‹ purzelte aus dem Lautsprecher: ich versteh ja auch nichts von Musik, aber das war mir doch zu grob! So: Märsche, Hopswalzer, Platz-Musik: das brauchts auch nich zu geben!

IX

Daß man immer essen muß ... widerlich!

»Komm: mach'n Uns erst'n COLA=Quark, ja?«

»Packholz überall!« / Karl der Große liebte besonders gebratenes Fleisch, vor Allem Wildpret. Walter v.d. Vogelweide ›in galreiden die lamprîden‹. Torquato Tasso war ein Liebhaber von Süßigkeiten (eingemachte Früchte, Marzipan, Backwerk); selbst Salat aß er mit Zucker. Luther geräuchertes Kuheuter; aber ›Pilze sind des Teufels Gemüse‹; Leibgetränke waren torgauer Bier und Rheinwein. Melanchthon war in seiner Jugend ein großer Freund von Gerstensuppe, und tauschte in Tübingen, wo er studierte, oft eine Portion Fleisch gegen ein Schüsselchen davon; ansonsten liebte er Gründlinge und andere Kleinfische, jedoch waren ihm große, wie auch Fleischstücke zuwider; (überhaupt sehr mäßig, und ein Feind aller Gastmahle). Heinrich iv war ein gewaltiger Austern= und MelonenFresser, (wie auch Theodor Däubler und Dr. Johnson). Wogegen Karl xii von Schweden ein einfaches Butterbrot jedem andern Leckerbissen vorgezogen haben soll. Unersättliche KaffeeTrinker waren Napoleon, Voltaire, Balzac, Friedrich d Große, (dessen Lieblingsspeise Kuchen von gerösteter Gerste). Crébillon hielt den Rekord im Austernessen.

Lessings LieblingsGericht waren Linsen. Klopstock LachsPastete, geräuchertes Fleisch mit Erbsen, zum Nachtisch Weintrauben; in jungen Jahren zog er Rheinwein, später dann Bordeaux vor. Kant's Lieblingsspeisen waren ein Linsenbrei, Pastinakbrei mit Bauchspeck, pommerscher SpeckPudding, Pudding von weißen Erbsen mit Schweinsfüßen, als Nachtisch Backobst aus Pommern: er pflegte volle drei Stunden dem Mittagessen zu widmen! Schiller war ein Freund von Schinken, (die ›faulen Äpfel‹ sind bekannt). Wieland war, wie die von ihm so gefeierten Athener, ein Liebhaber von Kuchen und Backwerk; wenn seine Frau ihm etwas dergleichen aufgehoben hatte, so stand er nicht selten nachts aus dem Schlaf auf, um es heimlich zu verzehren. Matthison, der Zarte, gestand selbst, daß er Erbsen, weiße Bohnen und Pökelfleisch vor allem liebe. Felix Dahn schwor auf KräuterKloß; danach Kürbisbrei, mit gerösteten SemmelWürfelchen bestreut. Freud schrieb von sich: ›Ich bin ein Fleischfresser.‹ Rider Haggard preferierte Ente auf Orange, oder Huhn in HerrenpilzSoße. Wer Rilke einen Gefallen tun wollte, setzte ihm Gurken vor, gefüllt mit heißem Mett (and just a hint of garlic). Arnold Ulitz: falschen Hasen in ErdnußKruste, dazu Rosenkohl. Lorber kannte nur 1 Losung: gebratenen Fisch! Lovecraft kannte weder Maß noch Ziel was ›Süßes‹ anbelangt: Eis; sein Kaffee war ein steifer Zuckerbrei; sonst ziemlich asketisch: Käse,

Arno Schmidt ißt Torte

oder ›crackers and milk‹; ein unüberwindliches Grauen hatte er vor sämtlichen MeeresProdukten, (auch die ›Vermeidungen‹ dürften sehr aufschlußreich sein!) Kreuder schwärmte von ›Bergen Fleisch‹ (wobei seine Hände immer gleichzeitig mächtige HalbKugeln über der Tischplatte nachbildeten – also einwandfrei). Thesmar Zand aux fours, und ›Forellensalat‹, (was nb nichts mit Fisch zu tun hat). Schmidt Makkaroni mit geriebenem SchweizerKäse, dazu Frikandellen und gebratenes Ei; Fisch, Krabben in Gelee; als Nachspeise Pudding, als frisches Obst Birnen, als Kompott Kronsbeeren; kann Maggi blank trinken; unmöglich sind fettes Fleisch und Knoblauch; (er saß, aß, las). Ein bekannter Lyriker: Sauce à la Bentheim zu Lachs en Papillot; als Abschluß dann Reis Trautmannsdorf; abends ein feister Käs' nach dem andern (pauvre amie!): speise, wie Du, wenn Du stirbst, wünschen wirst, gespeist zu haben.

Und wir gingen in den Nachmittag, mit Säcken, Eicheln sammeln. (Das hatten wir gelernt: schälen, in Spänchen schneiden, und auf einem breiten Tiegel ohne Fett braten: da schmeckten sie nicht mehr bitter! Man zermalmte sie zufrieden, und schluckte das Mehlartige: macht auch n Loch zu!). – Auf allen Feldern trieben sich die Bauern herum, (eine Egge harfte die Erde), gruben Mieten auf (oder zu; ich versteh nichts davon); gafften über Schaufelstiele; pfiffen argwöhnisch auf den breiten Fingern nach hypothetischen Hunden: weiß Gott, man müßte die Buben ausrotten!

(Schenk erstma ein. Und kóstma. –: ? –) / –: »Das'ss ja…?: –«; (überrascht) / (›HolunderblütnLimonade‹; ganz recht; dacht'sDu Ich trink' nur Rum mit Schießpulver?)

»Heil dem Erfinder des MAGGI. Wo er begrabm liege: HEIL IHM! –«

Unwillkürlich sah ich Apels verdrossenen Braunen an: *einmal* satt essen!!: Rührkartoffeln, Knorrs Soßenwürfel, ne saure Gurke, und dazu gebraten: Pferdegehacktes satt (d. h. mindestens ein Pfund! – Ach was: Zwei!) Ich schluckte: na, das erlebe ich nicht mehr!

Das Leben des Menschen ist kurz; wer sich betrinken will, hat keine Zeit zu verlieren!

Und ich möchte bei dieser Gelegenheit, einmal ausdrücklich die Herren Vegetarier daran erinnern, wie einer ihrer Vormänner, Bernard Shaw, so abgesägt=unglücklich dreinschaute, als Sir Jagadis Chandra Bose ihm experimentell vorführte, wie sich sein geliebtes Gemüse qualvoll krümme, und unter heftigen Konvulsionen sterbe, wenn es von ihm zu Tode gebrüht werde!

Man lebt wesentlich glücklicher ohne Schnaps! Theoretisch.

1 Rädchen Wurst übrig lassen?!: »Das fürcht'sich ja, Jule. – Ich tu währenddessen das Brot als solches ins Schapp«; (und grienend damit zur Seite; denn es handelte sich um die Wurstsorte, die er nicht mochte). Er trampelnd Bier nachtrinkend; während ich Rum mit Milch nippte; boshaft das Knakken unserer Knie in den morschen Hosen belauschte, (und der Rülps nach halbverdautem Nachmittagskaffee schmeckte äußerst unangenehm – vielleicht die Strafe für meine Unfairness.)

Und endlich am Büfett: die Dichter griffen geschlossen an! Nie sah ich Leute mit solcher Energie essen und trinken; ihre Kinnbacken gingen wie Kastagnetten.

Was gibt's überhaupt? Hoffentlich nicht wieder Klapperschlange in Schierlingstunke; Schinken vom tollen Hund, mit Skorpionen gespickt .....

Ein Auto (mit doppeltem Blaulicht auf dem Dache) schoß vorüber? – : der ›Deutsche paritätische WohlfahrtsVerband‹ fuhr Essen aus; (wahrscheinlich Einer am Verhungern).

›Du has'doch erst=Montag warm gegessn.‹ – Aach & dabei gibt's doch nichts Schöneres unter der Sonne als ›Warmes Essen‹!; – (: ›kaltes‹ Essn dürft's überhaupt nich gebm !)

Die StaatsForm wechselt?: die Boulette bleibt!

»Noch n Bier?!«: der Ober hoch mißfällig zu den beiden Witwen am Nebentisch: was war denn das für n Betrieb hier? *Wollten* die nichts verkaufen?!: »Zweimal Kaffee bitte!«; er zuckte geheimnisvoll gekränkt, die runden Achseln (wofür ich dann, als das Zeug kam, ihm zum Possen noch während des Bezahlens je einen Löffel Nescafé zusätzlich hineinrührte.)

»Gib ma die Schüssel mit Wieheißtesgleich –«. Nu, ich gab sie ihm; (aber es waren Steinpilzkonserven, gekocht in Essig & Öl, mit Muskatnuß, Kanehl & Nägelein, ein Meisterstück meiner Raumpflegerin!). Er mampfte langsam & traurig, und ließ dabei den Blick mißmutig hin und wider wandern; von der Eßecke zum langen Arbeitstisch, hie Schnittenbrettchen aus Limba, dort vergoldete Libraritäten; (ich hätte meinen Kopf mit den verschrumpften Augen wohl auch am liebsten in eine Aktentasche gesteckt, und dort der Ruhe gepflogen). / Ihm beim Hin= & Her=Gaffen helfen: hie ein Tütchen Rosinen, (»Nicht für Dich, Jule: für Amseln & Fasan'n.«), dort das weiße Nicht unbeschriebener Zettel, jaja. Hie ›THUNFISCH IN ASPIK‹, (»Mach die Büxe ma von untn auf –: ?: !«; denn es war selbstredend wieder das in den kapitalistischen Ländern übliche: obmdruff 2 Prachtscheibm; untn nischt wie Fussln!)

Ob Karbonade von Karbon kommt? Dann gibt s auch Devonade und Permesankäse.

»Bei dér Hitze wollt Ihr noch ›warm=essn‹?: Nein!; dazu hab' ich Euch viel zu lieb, um Euch geflissentlich an den Rand des SchlagAnfalls zu treibm. : habt Ihr nich gehört, daß in Hannover 'n paa' CholeraFälle aufgetretn sind? Lebt Ihr ma' hübsch frugal; (da werd't Ihr nich übermütig; (und geil!)).«

(Küche, 5 min später. / Kolderup vor einem tiefen Teller, ungemein Katzentisch=mäßig, der Blechlöffel, das brochne Brot. / Suse, ein paar Meter davon, auf einem sehr niedrijn Schemelein, mit dem Rücken an ein Tischbein gelehnt, ist damit beschäftigt, kleine Stückchen Bindfadn sorgfältig aneinander zu knüpfn. (Eine Teilnahme am Essen hat sie abgelehnt, (: »Kein Apptit.«) Sie beobachtet das strengste redende Stillschweigen.)

KOLDERUP (erst noch verkniff'n lächelnd, beginnt den Löffel einzutauch'n – (?eine Speise, die gleichzeitich als Salbe dienen konnte?) – schon beim zweitn jedoch ruft er unwillkürlich aus): »Donnerwetter!; was ist denn das?!«.

SUSE (kalt, ohne jeglichn Akzent): »Eine RosinenstielSuppe. – (?): sie ist mir sauer genug, (und ergo wohl auch so aus=)gefall'n.«

›Ich hab', mein Lebmlank, Mir das Ess'n immer nur id Leib gejagt; wie=wenn ein steamer Kohl'n ein=nimmt‹.

Dann setzte ich mich doch lieber auf den bretternen Fensterstuhl; das Buch auf dem Tisch: Mathilde Erhards Kochbuch. (Grete hatte sichs von der Schradern geholt: warum wohl!) Lange und geil in den Rezepten gelesen: man nehme einen 4-pfündigen Rehrücken; zum Baumkuchen 70 (sic!) Eier; Seife kocht man bequem aus den reichlichen Fettabfällen unserer Küchen: wir hätten sie blank verschlungen; mit Abbildungen der gut bürgerlichen Küche um 1900; Pflege des Weinkellers: und ich hatte meine Flasche so einfach in die Kiste gestellt; so also sah ein gedeckter Tisch für 32 Personen aus, und ich las gierig die Gänge, bis mir schlecht wurde: »Iss Essen schonn so weit?!« Kam sofort: Rührkartoffeln, und ohne Fett gebratene Äpfel: mir fielen unsere Vorräte ein, und dies würdes dann also für die nächsten 4 Wochen geben. (Doller Geschmack!)

›*Blaue Suppe*‹*?! –:* da starrte selbst die unerschütterliche Line entgeistert auf seinen Teller: »Jetzt hab ich doch – –: in dem Topf gekocht, in dem ich neulich: meine Bluse gefärbt hab'.« stammelte die feine zerschrammte Stimme. –. –. Der Chauffeur, unschlüssig zwischen Lachen und Hungerärger, erschöpfte sich einen Löffel, und wir erschraken von neuem: seegrün lagen die Körner im wilden Farbbade!: Knorr: ›Huhn mit Reis‹.

»Haben Sie die Packung noch?!: Stand da etwa ›Giftig‹ drauf?« half ich ein Stückchen weiter; und sie floh bestürzt zum Papierkarton unterm Küchenherdchen, draußen. Kam auch schon wieder: »Hier«, und hielts uns ratlos zur Prüfung hin, fest entschlossen, ihren eigenen Sinnen nicht mehr zu trauen:

Hin und her drehen: ›Heitmann Simplicol, Nr. 601: tiefschwarz‹ (»Was?: E 605?!«) »Nee: steht nichts oben.« Zaudern. / Dann war noch ein Entschluß nötig, ehe wirs uns einfüllten: »Also – wenn wir ›ver‹machen, wissen wir wenigstens genau wovon« entschied der Chauffeur; machte den Kavalier, und hinein in den Sapropel.

: –, –,: *»Nee; schmecken* tuts nich wesentlich anners.« (forderte hinterher auch heroisch: »Hassu etwa noch n Büschen?«. Aber sie schüttelte nur flehend: Gottlob alles weg!)

Ich habe einmal Jemanden gekannt, der pflegte zu sagen: ›Er äße ungefähr ebensogern in Gesellschaft, wie er in Gesellschaft das Gegenteil tue‹ – freilich mußte der Betreffende fast 7 Jahre beim Militär, bzw. in Kriegsgefangenschaft zubringen; wo 1 nicht unbeträchtlicher Fluch ja *darin* besteht: daß man nie – *aber auch schon nie!* – allein ist.

X
Sport; viel vom Sport

Fest schlafen ist schwer, wenn man soviel erlebt hat, Sorgen hat, kein Fußballer ist.

»Autoren boxen gegen Verleger« fiel mir ein: ich atmete tief und begeistert, und stellte mirs vor.

Ich fluche Euch Bestien mit paukendem Mund: ich schreie zum Aufstand wider Euch! Zur Rebellion der Guten wider Natur und Gott: ich rufe die Jugend der Welt! (Aber das schallt schon zu Olympia: als Motto zum Wetthopsen und Fresse-Einschlagen! – – Oh, oh!) –

TSV Blakenhof – Germania Westensen: sie sprangen tödlich umeinander herum; aber der Kleine war flinker: es gelang ihm, mit einer hyänisch kriechenden Bewegung an dem Anderen vorbei zu kommen, und mein Begleiter schrie auf: »Tulle!: Tulle!!« … Da war ein Dritter da, trat wie zufällig den Kleinen mit dem rehfarbenen harten Schuh gegen den Bauch, daß der jaulte, sein Unterleib ging los wie eine Kanone, und das klang widerlich zum zarten klaren Schiedsrichterpfiff.

»Na?!«: (Gott, sah der blöd aus mit der Glatze über dem OA-Gesicht!) Ich blickte ihn mitleidig an: »Wäre es nicht besser« sagte ich vorsichtig (wie zu'm Kranken) »wenn man diese 22 – nee: 23, *und* die Zuschauer – während der anderthalb Stunden irgendwo in Hannover oder Hamburg Trümmer räumen ließe? Wenn die mit ihren Markknochen da eben so ran gingen …« Er verstand nur kindlich langsam: wurde wutrot: ein Ideal war angegriffen; so Vieles hätte jetzt gesagt werden müssen: er schwang den Hut; er drang mit gefälltem Hut auf meine Richtung ein – da rettete uns das Aufbranden der Menge: – :

Er pedipulierte mit solcher Geschicklichkeit, daß er förmlich auf dem Balle zu schweben schien, eine haarige schwitzende Fortuna, eine wollsockne: so wehte er strafraumwärts, bis der feindliche düstere Verteidiger ihn mit einer Hüftbewegung umwarf: loin du bal. – Mitten in der allgemeinen Ekstase dauerte es mir zu lange; ich ging mit einem verächtlichen Blick: Affen ringsum. (Wie überall.)

Die FußballfeldSchlacht erspart den GrenzZwischenfall; ›Olympische Spiele‹ einen Sommerfeldzug.

Fahrräder sollen neuerdings auch Rücklicht und Nummer kriegen: als wenn die an den Unfällen schuld wären! Ich wüßte Besseres: Kein Fahrzeug dürfte einen Motor haben, der es über 40 km die Stunde bewegen könnte: dann wär sofort Ruhe. (Aber wahrscheinlich saß ja irgendein elektrischer Lampenfabrikant oder sein Freund im Reichstag; ist wohl die einfachste Erklärung).

Ferne Zuschauer dadurch täuschn, daß man Federball ohne Ball spielte : man könnte die verwegnstn Stellungen einnehm'm; (die Ballusophie des als=ob). Mit lohnendem Beifall.

›Tag der Deutschn Einheit‹? : unvergleichlich geeignet zum Paddln !

Was das hier wäre?: »Na, ein Traktoren=Tanzplatz; unverkennbar.« Denn die grobgeperlten, geriffelten, profilierten, conti=gesohlten Spuren überschnitten, kreuzten, ringelwurmten, walzten, derart um= & durcheinander, daß es rational=rationell schwerlich mehr zu erklären war: »Gleich hinter Mitternacht, wenn sich der träge Nordbär umgekehret, machen sie sich los: brummldieknubbldiebrapp. Ehe sich ihre be=Sitzer, aus dem Rausch des Schlafs wie aus einem Pfuhl der Doofheit herauffahrend, erbauern können.

Arno Schmidt auf dem 3-Meter-Brett

Steuern, selbsttätig, hierher. Circln umeinander, un=tiring, auf dem GRÜNEN PLAN: dun lop man! 1 feuerroter schwerer KONNTI, um eine Kleine gelbgrün=Abgewetzte vom Typ Miesche=Läng. – Wie Frauen eben so sind.«, schloß ich bitter: »Die ›Ergebnisse‹ dürften etwa ›Elektrische Kreiselpumpen‹ sein, ›Motorfräsen‹, wenn's hoch kommt, 1 Moped.« Sie nikktn gedankenvoll. (Durchaus glaubhaft, wie? And the clouds ran a race across the bright moon.)

Aber's gehört nu ma zu den (gar nich so wenijn) Wonnen des 4. und 5. Standes : Kartn kloppm & Schnaps; vor'm Pümpern noch etwas Fußball im TV . . . ach diese spießbürgerlichn Lebemännlein wußtn sich schon über die JahresRundn zu bringn!

Da: der wie ein Kobold über'n Teich fährt: ›wind=surfing‹ nennt man das. (Der nächste Messias soll sowieso aus dem Meere kommen.)

›Deflorieren‹? : beliebte Männer=Sportart.

NEUES VOM SPORT: der Torhüter küßte dankbar den Pfosten, der den Ball für ihn gehalten hatte. /

Kind, während einer TscherkessenPirouette gezeugt. / Turnerin, die per Sukahara mit Doppelschraube diese Welt verlassen hatte.

Fast unter unserm Balkon, dicht am Beckenrand, zauderte ein Zwölfjähriger, nur halb noch ›Mittelstürmer‹ und Hans=kick=in=die=Welt. Neben ihm seine gleichaltrige Mätresse, die Lutschstange im Mundwinkel; der dünne lange Arm, vorn drohend zugespitzt, wies weit ins Blauwasser; die grelle Stimme verkündete unverhohlen: »LiepsDe mich, denn liepsDe auch mein'n Ball: hol'n raus.« Und wir schoben die Unterlippen vor, und nickten uns anerkennend zu: Die würde ma gut werden!

»Dichter, die sich schrecklich um neue Stoffe quälen, könnten ja pindarische Oden auf unsere Olympiasieger machen, Jesse Owens und Birger Rüd, kuck hier!«: Dreiundzwanzig musklige Gestalten bolzten und sprangen über den struppen Rasen, köpften die schwieligen Wolken, Bälle stiegen mit Magnuseffekt ins Windgeschrei. Ich preßte das Kinn auf den rauhen Pfahl und knäulte verächtlich die Finger durch meine kalten Taschen: öde Gesichter, rübiges Gemüt, Gedankensteppe, Seelentundra.: »Die Verleihung der Literaturpreise in der Mainzer Akademie hat der

Südwestfunk nicht übertragen: aber der Vater der Fußballspieler Walter wurde ne halbe Stunde interviewt.«

Vielleicht hat Fußball doch einen Sinn: als Belebung der Landschaft?

XI

Die Katzen pulsierten im Pelz

Im Holunder schrie auch gleich wieder der Vogel, wie eine Fahrradklingel älteren Stils; wie er heißt, weiß ich nich.

Und nun Vorstellung der Katzen, die, freudig ob der zurückgekehrten Herrin, durchs Zimmer strichen und zart randalierten:

»Hintze«: der – wirklich! – wunderbar pastellfarben Gelbgraue; (»der Dickebuntehintze« sagte sie in mütterlichem Stolz). Und ein ganz Kleines, noch die Augen zu, im dicken Gilatierkopf: war auch schon gelb und hellgrau, aber mit 3 schwarzen Apfelflecken drin: (Nun war ich dran, zum ›Meinung sagen‹.)

(Erst mal loben). (Aber langsam.: Und einen kleinen Fehler finden; das setzt weit mehr in Respekt, als ein kritiklos=falsches ›süüüß!‹.) Also mehrfach um diese flache Hand herumgehen: »Mm.« Dem Kleinen die Flanke streifen: »Der wird *noch* schöner!« (Worin ja implicite liegt, daß der Andere auch schön ist! – Ah, hier:) »Der Schwanz erscheint mir zu kurz. *Und* zu spitz.« (Und sofort anschließend: es ging ja schließlich jetzt um meine Urteilsfähigkeit): »Bei der ›normalen Katze‹ soll der Schweif zwei Drittel der Körperlänge betragen: diese von der Schwanzwurzel an gemessen bis zum ›Zwischenohrenpunkt‹« (das

Robert Miltenburger: Arno Schmidt vor seinem Häusel

letzte Wort erfand ich so rasch, als seis ein Züchterbegriff schon seit den Zeiten des Evan Dhu von Wales: ?!). – Sie blickte unschlüssig zwischen uns herum (später sah ich sie dann noch tagelang mit einem Bandmaß alle Katzen der Nachbarschaft ennuyieren!).

›Zu Haus‹ fand ich sie dünn über ein unscheinbares Pelzchen gekauert: »Denkmal: es hat keinen Namen! – Wo gibts denn so was?« klagte sie großäugig. Vertrauensvollst: »Schnell Du: wie heißt sie.« Ich schob kritisch den Mund vor, und nickte lichtenbergisch, wie's unter Katrinke's Kraulehand sprudelte, bescheiden und schwärzlich getigert. »Das Kätzchen GURNEMANZ.« (Der vordere Teil des Namens schnurrt; der hintere trägt's Schwänzchen hoch genug). Sie nickte erlöst und ehrfürchtig: gut, der Mann! Dann knitterte sie doch wieder mißtrauisch die Stirn: »Den Namen hab ich aber doch schon wo gehört – ?«. »Also bittä.« sagte ich gekränkt: »wenn er Dir nicht gefällt, können wir ihn ja auch Prschemislottokar rufen, wie beim Fürsten Lobkowitz.«

Ameisen in der Stube!: Hinter dem Bücherregal quollen sie zu Hunderten aus der Scheuerleiste. Gerda kehrte sie auf die breite graue Blechschaufel, und ich blies dünne Nebel aus DDT. (Schade. Sind kluge Kerls. Viele Morde und Katastrophen: wie werden die den Leviathan – d. h. mich! – anklagen; drohend, verzweifelnd, die Antennen schütteln, mit sechs Füßen Trotz stampfen und Heldenmut. Und mein Quermaul blies unablässig Gift und Tod. Hasten und Flüchten, zahllos gelenkig, gliedsam entrinnich).

Auch wir Menschen müßten geköpft werden: ganz

schnell, ehe uns Alter oder Siechtum quälen, ganz sachlich, ohne Übergang. Im Schlaf. Oder am Waldrand, wenn man zum Bahnhof geht, von vier Verkappten überfallen werden, unters Gerüst gezerrt: Kapp!!

Über mir strich schon der Ziegenmelker dahin. Und um meine, selbst jetzt noch bunt=wirkenden Socken ein so lautes Schnurren, daß ich erst gar nicht an eine Katze glauben wollte, (es klang wie'n Zentnerschwein: eventuell auch von *diesem* Gesichtspunkt aus ma durchzüchtn, die werthn Herrn & Fraun Kätzerchen; und dann, in England, Schnurr=Wettbewerbe veranstalten: ›In Gesellschaft von Brummkreiseln‹.)

Hundesperre (wegen Tollwut unter den Füchsen) war auch im Kreise; na, vor Gott sind wir Alle gleich (wie wiederum die CDU behauptet; s Parteibuch muß man aber wohl doch haben).

Has'de ma' ein schon halbzerrissenes Mäuschen gesehen, das in seiner Todesangst bittend Männchen vor der Katze macht?! Du, da vergeht Dir alles Gewäsche vom Lieben GOtt: ich traue diesen ›Allmächtigen‹ gar nich – ob Göttern ob Menschen!

Böen spielten heulend im Forst; und wir kamen vor das Portal: den blanken schwarzen Kater, der, wehmütig schimpfend ob des Wetters, sich um die Pfosten schmiegte, und mit hinein bat, brüllte Inglefield an: »Nein!«. Besann sich, und packte den Erstaunten mit hartem Griff: »Wie heißt Du?!« (schneidend; inquisitorisch; er ließ nicht los, bis Jener nach einer Sträubepause gestand: »Mau.« – Und die beiden Militärs nickten einander grimmiger zu: verkappter Chinese also: Mao!: »Im Auge behalten, Inglefield!«).

Daß Tiere Vor=&=ZuNamen haben, ist séhr=seltn; (und kommt eintlich nur id Besseren Familijen vor – vielleicht macht sie ein sô=viel an Individualität ja auch nur=irre?).

XII

Der Wind haucht verdächtig aus allen Weltgegenden

Ich reißde ohnehinn nich gerne. Und betrachtete Leute, die lieber Länder als Kartn sehen, prinn=zie=pjell zunächst einmal mit Reserrwe.

Ich selbst hab' ja nichts erlebt – was mir übrigens gar nichts ausmacht; ich bin nicht Narrs genug, einen Weltreisenden zu beneiden, dazu hab' ich zuviel im Seydlitz gelesen oder im Großen Brehm. Und was heißt schon New York? Großstadt ist Großstadt; ich war oft genug in Hannover; ich kenn's, wenn morgens tausend Henkelmänner mit ihren Kännchen aus dem Hauptbahnhof geschwindschreiten, in Fächerformation, hinein ins Vergoldete Zeitalter. Einer hat'n Gang, als käm'n Dackel hinter ihm her. Backsteinfarbene Geschöpfe mischen sich ein, Schirmpfeile in den blutigen Händen, (oder auch in totschwarzen; gleich werden ihre Schreibmaschinen hell wie Wachtelschlag erklingen. Alle die Weckergeweckten. Schon räuspert sich das Auto neben mir strafend; dabei bin ich doch wirklich, schon rein äußerlich, nicht mehr in dem Alter, daß man mich im Verdacht haben könnte, der Anblick zweier Milchdrüsen vermöchte mich noch zum Trottel zu machen!).

25 Jahre lang hatte ich Grund zu einem absonderlichen Ärger: ich war zwar in Hamburg geboren; aber von stockschlesischen Eltern, denen das norddeutsche Wesen ein Greuel und Platt eine Barbarensprache däuchte, und die dafür gern von ›schlesischen Bergen‹ faselten (ich erkläre diese, nur scheinbar harten, Ausdrücke noch); und mir war schon als Kind nichts lieber, als weite Ebenen, mit Haide bedeckt, Moor eingemischt, darin Kiefernwaldungen auf Sandboden; kurzum karge, menschenleere Öde.

Hier schien mir ein ›Bruch‹ in meinem Wesen; und zwar einer von der Sorte, die ich gar nicht schätze! Denn wenn ich, ich mochte wollen oder nicht, ›Schlesier‹ war, vom Oh=Thäler=weit=oh=Höhen=Typ; dann war meine instinktive übermächtige Neigung zu Flachland, Erica & Ledum Palustre ›falsch‹; dann war mir weiterhin (z.B. als Schriftsteller) die letzte entscheidende Identifizierung mit dieser=meiner Landschaft versagt. (Andere Dilemmen ertrug ich viel leichter, weil ich meiner Sache sicher war – etwa von meinem in Schule und Spiel geübtem Plattdeutsch wußte ich, daß es ›stimmte‹, verglichen mit dem, mir widerlichen, schlesischen Gemauschele, mit seinen Spielzeugdiminutiven, dem schaumig=weichlichen Gezischle kombiniert mit kindlich=werwölfigem Abergegläuble; in diesem Fall hatten meine Eltern, in ihrer sinnlosen Versteifung gegen den prachtvollen Stadtstaat, so offenkundig Unrecht, daß jedes Wort der ›Widerlegung‹ verschwendete Atemluft bedeutet hätte.)

Und meine Eltern besaßen in hohem Grade die ›Schlesische Kunst‹ des treuherzig=sentimentalen Fabulierens; zumal meine Mutter ist zeitlebens von abstoßendster ›Unechtheit‹ gewesen, ich habe eigentlich keinen Menschen kennen gelernt, der in gleichem Maß mit kleinen Verlogenheiten und verblasenen Gefühlchen hausieren gegangen wäre; (mein Vater war weit realistischer; obschon leider nur auf den niedrigsten Gebieten des Alltags.) So also war ich umstellt mit geradezu alpinen Bildern: ›Riesengebirge‹ hieß es da! Bei Lauban, dem Geburtsort meiner Mutter, sollte es einen ›Steinberg‹ geben; und oft bin ich [in] Kinderträumen an einem schwärzlichen himmelhohen Felswürfel, um den außen herum dünnste, leicht=geländerte Blechtreppen hochführten, ächzend emporgeklettert! Meines Vaters schönster Wunschtraum war angeblich ›a eignes Häusel in'n Bergn‹ – ›Reifträger= Schnee-koppe=Hohes Rad‹ – ich war jedenfalls widerlegt; und kam mir allmählich wie ein Schaf vor.

Bis ich dann persönlich nach Schlesien kam – ich glaube, etwa 5 Mal von Hamburg aus; in den ›Großen Ferien‹ von 1920, 22, 24, 26, 28? – und jenes ›Riesengebirge‹ sah: es handelte sich um eine völlig un-impressiv=liebliche Mittelgebirgslandschaft, die

Arno Schmidt entert Campingbus

ich mir den Jungenspaß machte, in der Hälfte der Zeit zu ersteigen, die meine Mutter & Schwester, weit hinten, brauchten. Der ›Steinberg‹?: ein nichtswürdiger klein=beleibter Hügel; Lieblingstreffpunkt von ›Pärchen‹ und von jedem Alten am Stock mühelos innerhalb von 10 Minuten zu erreichen! – Erleichterung überkam mich.

Über Krumau donnerte es wichtigtuerisch, und dann fielen so 5 Tropfen (das sanfte Gesetz): wenn ich wegen jeder Gießkanne son Radau machen wollte!

Arno Schmidt an Schlotters
Darmstadt, den 25.11.56

Für Eberhard Schlotter & Frau Dorothea:

die Klage aus der Alten Welt. – –

Am Darm: 5 Grad unter Null. Vor einem schneidenden Ostwind (= barometrisches Hoch; der Hausherr greift nach dem Herzen) sind die Wiesen weißhaarig geworden. Die grauen Rennbahnen der Straßen; ab und zu wird ein – ja, ist es ein Mädchen? : man sieht nur den viereckig hochzementierten Mantel – darüber geblasen. Die Häuser recken sich mit leeren Mienen.

Fern im Süd das schöne Spanjen: ›Hochsommerlich‹ hat es im letzten Brief geheißen; blauer Himmel (also doch auch wieder ein barometrisches Hoch! : der nördliche Hausherr greift abermals nach dem Herzen). Wie flüssiges Glas geht die goldbraune Luft. Alle Mädchen nehmen freiwillig Stellungen ein, wie man sie sonst nur aus der Lektüre von Tausendundeinernacht (ungekürzte Ausgabe) kennt.

Am Darm: Auf der dürren roten Schlafcouch hockt, dick in Decken vermummt, das Gesicht. Wenn der Hausherr sich ihm nähert, um es ›ran zu dippen‹, sprudelt ihm ein Gemisch von Niesen und kränklichem Gekeif entgegen: wendet sich der Hausherr also resigniert, und schleicht in die Küche, wo er, hinter Eiskrusten, die Flasche ›Münsterländer‹ weiß.

Im Süden: der Hausherr, schönheitstrunkenen Auges, lehnt vor der Staffelei: denn ›er malt wieder‹! Beifällig nickend betrachtet er sein neuestes Opus in Violett und Graubraun. Seine Rechte tastet nach der Flasche neben ihm, gefüllt mit goldigem Firnis; er setzt sie an und trinkt lange, lange. Die Linke greift zur gleichfalls bewundernden Gattin, nichts wie Bikini und Schwarzhaar; er wendet sich, und dippt, dippt, dippt – oach!!!

Am Darm: der Hausherr, schwarzpullovrig, geduckten Ganges, die Arme von Kohleneimern langgezogen wie ein Gorilla (und der Zentner kostet sechs fünfundachtzig, Nuß I, und man muß noch froh sein, wenn man überhaupt welche kriegt; der Henker hole den Suezkanal!), schleicht durchs ausgefrorene Treppenhaus, stufenauf, immer höher (wie im Traum: endlos, schleichen, durch grünweiße Wände, die immer enger werden, Eimer voll ungedruckter Manuskripte in den Händen, lang stehen sie aus den schmutzrändrigen Ärmeln hervor, vor, wie der Unterkiefer des armen literarischen Gorillen .....)

Im Süden: der Hausherr wirft sich – schon ein Laken ist zu beschwerlich: bei der Hitze! – auf das malerisch angeordnete feine Geröll vor der mit lässiger Hand gemieteten Villa. Wohlgeformte Wolken ziehen überhin. Von allen Seiten nähert Geflüster, spanisch: sind es Mädchen, die den rotblonden, athletisch gebauten Fremdling bestaunen, schüchtern betasten? Sind es spanischsprechende Ziegen (›In New York hielten sich sechs Chinesen ein Nilpferd‹, zieht ihm ein längst vergessen geglaubtes Bonmot durch den Sinn). Noch einmal kommt von der Küche her ein Rüchlein, verlockend wie Zwiebeln und Olivenöl; dann sinkt ihm die Hand mit der Idealis ins weiche, heiße, ja braune, Geröll: er schläft ein.

Am Darm: Der Wind heult immer laut in den Kaminen; und jede Nacht ist blutigrot und dunkel (blutigrot: das ist der Lichtglanz überm Ernst-Merck-Platz, wo Zirkus Sarrasani sich aufgebaut hat; die Löwen erscheinen bei der Kälte in Kamelhaarschuhen und Lodenmänteln). Die Spätnachrichten haben intime Einzelheiten über den rasch fortschreitenden Ausbau unserer herrlichen Bundeswehr gebracht: der Hausherr brütet über dem kleinen Atlas nach Ländern ohne allgemeine Wehrpflicht

und barometrische Hochs; Nebel und Regen, ja, aber auch wieder nicht allzu kalt: sechs Mark fünfundachtzig, das muß sich Einer mal vorstellen!; katholisch möchten sie möglichst auch nicht sein; die Lebenshaltungskosten, wenn's ginge, gleich Null (oder höchstens doch Nullkommafünf). Sein mangelhaft rasiertes Gesicht versteinert immer mehr beim Suchen.

Im Süden: der Hausherr richtet sich auf, aus wohligen Flugträumen: immer nach oben, in gläserne Klarheit und Bläue, durch alle beamtenhaften Drahthindernisse hindurch. Wer hat ihn geweckt? : es ist der Alcalde von Altea la vieja; der sich, um sich eine kleine Nebeneinnahme zu verschaffen, mit dem monatlichen Einberufungsbefehl naht. Die herbeigerufene Frau Dorothea (die Kasse verwalten grundsätzlich die Frauen!) wirft ihm ein bezauberndes Lächeln und eine Handvoll Peseten in den zerrissenen Schoß; worauf Jener sich demütig dankend bis zum nächsten Ersten entfernt. Eng umschlungen schreiten die Glücklichen zunächst ein Stückchen in der Nacht herum, die unterdessen mit vorschriftsmäßig bezauberndem Farbenspiel hereingebrochen ist. Dann zur Villa zurück, wo man beim traulichen Schein angenehm matt brennender Osrambirnen Jungfer Sibylle um einen mächtigen Kessel voll Olla potrida herumtanzen sieht. Das inzwischen reparierte Radio – man hat rasch die Unesco angerufen, die bei der Westinghouse Electric Corporation, California, unverzüglich die Spezialröhre herstellen ließ – schmachtet einen Lindy; dann wischeln wieder etwelche Räubersprachen. / Tiefer schneidet der Hausherr in den Thunfisch ein (der, seltsamerweise, den ohreneuligen Schatten einer Vase wirft! Niemand weiß, warum; aber in Spanien ist ja alles möglich). Die Uhr (man hat sie übermütig ablaufen lassen, und nicht mehr aufgezogen) zeigt verdrossen mit Spreizfingern an die Decke. / Der Hausherr schlendert zum ungeheuren Alicantefaß, das er vorsorglich als erstes in der Zimmerecke aufstellen ließ; öffnet den Deckel, taucht (Variante: tunkt?), um bequemer zu trinken, das Gesicht in den Weinspiegel; und schlürft – ah – wohlig seufzend; hebt den Kopf, und kommt, langsamer allerdings, und sichtlich aufgeschwollen, wieder zum Schmetterlingsstuhl zurück. / »Uno, dos, tres …« zählt halblaut Jungfer Sibylle .....

Am Darm: Un, deux, trois: voici les grands froids! : Der Hausherr klappt verbittert den Atlas zu: ein solches Land gibt es nicht! / Von der einen Couch her niest und röchelhustet es im Grippeschlaf. Unheilverkündend pfeift der Nacktgeist im erkalteten Ofen. Der Hausherr legt Überschuhe an, Pulswärmer, Fausthandschuhe, Schal, Ohrenklappen, noch einen Wintermantel: Vorbereitungen zur Nachtruhe.

Arno Schmidt an Schlotters
Darmstadt den 28. Sep 57

Es soll nicht heißen, daß ein Schmidt sein Wort gebrochen hätte!! – (zumindest jetzt noch nicht) –

* * *

Mitten in meiner schweren Stunde – und sie ist mit nichten leicht: Nacht; dumpfes Grausen der Natur; Rüdengebell: Eilboten treten auf! – ergreife ich die Torpedo M 20 (: höchste Schreibgeschwindigkeit : 1 Drama mehr pro Jahr!) und lasse die abgebissnen Klauen fantasierend über die Tastatur ….. ja was? : Laufen? Rasen? Klimpern, gleiten? – Nö: harfen!! Das klingt viel angemessen=bardenmäßiger: ruin sea el, que por ruin se tiene!

* * *

(Wie spart man doch Zeilen vermittelst solch dekorativer Sternchen!). –

* * *

Purzel fließt brünstig mauend über sämtliche Schränke; ma Dame hockt deckenumwickelt auf einem jener dürren indianerroten Gestelle, von denen Amor, Mitleidstränen im Aug', sich schaudernd abwendet; in meiner Hose pickt der Totenwurm (nix Pornografie: eine Uhr!): Fahnen ringsum. / Denn wir lesen die allerletzte Korrektur! / : Manuskriptteile ringsum; Umbruch; Tassen rings von Nescafe beschmutzt; der Mond blickt dann und wann durch die zerrissenen Wolken, und wirft einen grauenvollen Glanz über diese Scene der Verwüstung; gegen Süd=Süd=West ist der Himmel feuerrot. (Was vom Meßplatz kommt: dort sind um ein Billiges die beiden dicksten Menschen der Welt zu sehen; SIE soll 612 Pfund wiegen!)

(Er schnappte maulich. Und musterte das Vertrakkde Nest : ? – (gelt?) : wie in zahl=losen SpiegelBildern, zeigte sichs dem verwirrtn Auge. Aus all'n Fenstern ertönte unaufhörlich das gleiche Gemurml 1=&=desselbm FernsehPogroms. Dieselbm Zäunch'n umspannen die gleiche ›TiergartnMischung‹ der (genau gleich=großn) RasnFläche; (in der immer dieselbm ModeSträucher, RoddoDändren & FuckSie'in stehen, und stets die gleich=kleinen SummfZypressn und ArmoricaFichtchen beschattn . . . : ? / – : »Dà ! – : jetz sitzt überall das gleiche unsichtbare TanzOrchester – : ?« / Gleich=breite Weglein mit betulpten Borden, (an denen in schmuck=seegrünen (ausrangiertn) BakelitEimern Oleander durstet); führen Dich zur verwechslbaren Pforte, bebaldachint mit zitronenfarbenem Äthernell. Geöffnet wird Se Dir, von praktisch demselbm ¾=nakktn Unwesn in einer RegnBognHaut, (die BraunTönung iss ooch von der Mode vorgeschriebm; die einzije Überraschung, die uff ihrn vierfachn WurzlSepp vom zureichndn Grundbuch wartet, sind ihre frisch=versilbertn ZehenNägl . . . / : »Sag Deiner Bundesrepublik Mein Compliment, und sie könnte Mich . . . – . : Ein angenehmer Abmd ! « ; (bemerkte Er trübe)

XIII

Komisch ist der Mensch, inclusive Schmidt …

Ein Bleistift (: wenn man den selbst herstellen sollte! Stellt Euch vor, die Menschheit ist weg: und Ihr solltet einen Bleistift machen!! – Zauberei!)

Ein Elfenkind: ach, wär ich doch eins, und nicht Rumpffsweg 27, II. geboren, von konkreten Eltern (heißt »concrete« nicht Zement?) –

Des Menschen Leben: das heißt vierzig Jahre Haken schlagen. Und wenn es hoch kommt (oft kommt es einem hoch!!) sind es fünfundvierzig; und wenn es köstlich gewesen ist, dann war nur fünfzehn Jahre Krieg und bloß dreimal Inflation.

Kurze Belustigung: ich stellte mir vor, ich sei ein berühmter Toter, und Witwe Berta führe die Leute durchs ›Düring-Museum‹ in Fallingbostel: da lagen in den Schaukästen unter Glas meine Manuskripte (z. B. die Aufforderung an Finteln, endlich mal den Daumenabdruck auf seinen Personalausweis zu setzen – »sein letzter Brief. Ja.« – neben der großen noch ungedruckten Biographie Fouqués). An der Wand

Eugen Egner: A. S. im Gespräch
mit einem Unbekannten

mein Porträt von Oskar Kokoschka mit nur einem Ohr und höchst unchristlichem Inkarnat. Eine schallende Platte, ›Celeste Aida‹, von mir geschmettert;: »Hier der Zimmermannsbleistift, mit dem er grundsätzlich unterschrieb –« (der wurde oft von Verehrern gestohlen, und lag stets wieder da, das Dutzend Eins Dreißig bei der Westfalia Werkzeug Company). Auch vor dem Haus mit Turm (= der Kirche) draußen stand ich hoch im metallenen Frack, und reckte die Hand mit vornehmem Abscheu gegen das Landratsamt aus .... »Die Stiefel, in denen er gestorben ist ...«. – »Äwas waren denn seine letzten Worte, gnädige Frau?« (der ›Spiegel‹-Reporter mit rotem Saffianblock); –: »Ä – ›Es lebe die Kunst – ä. –: Es lebe das Vaterland!‹. Ä: Deutschland, also«. »Deutsch ... land ...: Ah; –: Danke!«. (Dabei hatte ich lediglich zehn Mal ›Scheiße‹ gejappt!).

Warum kann man andere Menschen nicht an sein Gehirn anschließen, daß sie dieselben Bilder, Erinnerungsbilder, sehen, wie man selbst? (Es gibt aber auch Lumpen, die dann)

Wie gut, daß wir kein Organ haben, um die Luftströmungen zu erkennen: was meinen Sie, wie sich aus Ihrem geheizten Ofen die Wirbel und Säulen drehen würden, breite gläserne Schlangenleiber, mannshohe Protuberanzen, Cellophanräder: man hätte das Chaos im Winterzimmer! Und wieder einen Grund mehr, sich zu entsetzen.

Falls ich die nächsten 14 Tage noch überlebe, müßte es eigentlich recht ersprießlich hier werden. Ein Teil der Bücher ist bereits aufgestellt; unten, in der »ideellen Hälfte«, ist tapeziert, gestrichen, exotische Lampenmorcheln sprießen aus einer Ecke — phallische Symbole. Aus dem Boden ragen Maurerköpfe (man hebt nämlich 4 Sickergruben aus); im Bad lehnt pfeiferauchend der teure Fliesenleger; der Tischler hat, nach seinem Dunstkreis zu schließen, auf meinem Grundstück eine Arrak=Ader entdeckt — ich glaube, es lebt im ganzen Dorf kein Mensch mehr, der nicht »Vorschuß« von mir empfangen hätte! –

Träume (in Straßenbahn gefahren: nächsten Vormittag getan.)

Silbergepanzertes mageres Gesicht (hinterm Haus): der Don Quijote unter den Sternen. (Und die Erde ist der dicke Sancho Pansa mit kotelettenem Herzen und wurstbunter Fantasie: war nicht gestern Abend »Neues vom Schallplattenmarkt« gewesen, und hatte begonnen: »Jadas Kliemaa: von Liemaa: ist priemaa«?! Was müssen das für gefühllose Automaten sein, die sowas

a) texten & musiken,
b) singen und platt schallen,
c) kaufen womöglich,
d) im Rundfunk bringen,
e) sich ruhig (oder gar angeregt) anhören!

(: Wer das Alles macht?!: der berühmte ›Deutsche Mensch‹! Von der Christlich-Abendländischen Kultur GmbH!)

Der Mond, auch er fein=säuberlich card=anisch aufgehenkt, kellte Kasein übern Sandweg: heißt kein Sternbild ›Reiterverein‹? (Nö: die Herren Menschn hattn nichma genug Energier gehabt, um alle 700 Jahre neue einzuführen.) Beziehungsweise höchstens 1 Dutzend alte, aus Pietät, zu belassn; und den Rest immer wieder flott=neu zu sehen: hie das ›Fahrrad‹; hie die ›Schreibmaschine‹.

Aber auch n ulkiger Beamter hier!: statt ›Ja‹ sagte er abwechselnd ›Man kann es so ausdrücken‹ und ›Ich bin überzeugt davon‹. (Mal später Fragen für ihn ausdenken, so »Heut ist doch Mittwoch?« oder »Liebst Du mich, Oskar?«).

Darmstadt steht mir bis zum Hals; ich habe einen Ekel vor dem Nest, und das Gefühl, als wäre ich 5 Meter groß!

Freitag Nachmittag erscheint der »Spiegel«=Reporter – ich bin finanziell leider noch nicht soweit, daß ich mir Charakter leisten könnte, und ihn rausschmeißen (was diese »Nachrichtenmagazine« verdienten!).

: Ich?: Jung?! (Vorm Spiegel: Pf!). Es ist ja unter den Betroffenen ein weit verbreiteter Irrtum, daß sie mit 50 Jahren doppelt so interessant wären, wie mit 25: wenn ich den kleinen runden Bauch einzog, war ich groß und schlank (ja, und falls ich viel Geld hätte, wär ich n reicher Mann).

›Foto=Pommer‹ aus Fürth: Frieda hatte, als all das Geld einging, auch den Ankauf einer Box erwogen, und ›mal hingeschrieben‹: da war es nun tödlich amüsant zu sehen, wie so nach und nach die ganze Druckschreibenserie einlief: erst der Katalog. Dann ein neuer Bestellzettel, mit Abbildung des letzten Modells (das fast gar nichts kostete, so gering waren die Raten; und die zehn Jahre würden ja auch rum gehen). Dann erstaunt: ›Was ist?: Haben Sie meine

Sendung nicht erhalten?‹ Dann noch billigere. Dann ein Teilzahlungsangebot, daß man sich selbst nicht mehr achten konnte, wenn man jetzt und hier nicht zugriff. – Heute war die besorgte Tour dran: er hatte ›unseren Fall‹ angeblich mit ›seinem Vater‹ durchgesprochen; man sah sie richtig vergrämt sitzen: Was mag bloß bei Thumanns los sein?!: also so ein Koofmich=Blödsinn!

Ich kannte mal Einen, wenn den der Ekel packte, ging er auf den Hausboden, und schlug dort ne halbe Stunde lang Nägel in ein Brett, grade und krumm, wies kam, in finsterer Kurzweil. Und war ihm dann leichter? Leerer, ja.

»*Angenehm*« sagte er lässig. Ende Zwanzig und schon volle Glatze; dazu jenes fatale Benehmen, wie es stets die Offiziere aller Zeiten ausgezeichnet hat. Pfui Bock. Worte, Worte; blöd, blöd: außerdem Einer von Denen, die schon mit 20 Jahren »aus Gesundheitsrücksichten« nicht rauchen oder trinken (Viele davon wandern dann sonntags seppelhosig und halsfrei nicht unter 60 km, und schätzen Holzschalen und Bauernblumen in primitiven Vasen); der hier tanzte; »leidenschaftlich«, wie ihm zu sagen beliebte: Du hast ne Ahnung von Leidenschaft!

Ich kann keinen Menschen achten, der nicht hannoversche Staatshandbücher sammelt!

Es kann ja sein, daß besonders veranlagte Individuen auch nachts hellzusehen vermögen: aber mit dem Lichtschalter kann's selbst der Ärmste!

Nee!: war nischt mehr los mit mir! Stoppelig, rappelig, geknittert, unbeherrscht: was war ich für ein Kerl mit 18 gewesen, Barrenhandstand und Expressionismus, Körperfeuer und Gesang (und jetzt: alle Verschlüsse undicht).

Er war von jener Sorte, die Hans Albers und Max Schmeling für Hamburgs größte Söhne halten.

›*Dr. Mellbrügge*‹: diese reichen Luder können nich genug kriegen: sogar die Konsonanten im Namen müssen möglichst alle doppelt sein!

Ich habe mir nie eingebildet, ein »Sprecher des Vierten Standes« zu seyn; höchstens Mundstück derjenigen Intellektuellen, radikalerer Artung, die im

4. Stande *geboren* wurden! Ich bin mir aufs Grausamste bewußt, daß ich »zwischen den Stühlen« sitze.

»*Mein Lehrer und Gönner*, Bischof Theophil Wurm.« Ich erschrak so, daß ers merkte und erläuternd mit der Hand wandwärts wies, zum gerahmten Foto: weiß Gott: Theophil, Wurm, *und* Bischof; Manchen triffts hart!

Ein Irrenhaus nimmt mich gar nicht mehr auf, ich habe mich erkundigt, ich machte ihnen bloß die Leute verrückt, hieß es.

Kurzgeschichte: Nachtdunkel; Mondfinsternis. Einer hockt geschäftlich am Wegrand. 2 kurzsichtige Mathematiker bleiben davor stehen und debattieren, obs ein Baumstumpf, Stein oder Mensch sei. Man will zur Probe mit dem Stock drauf schlagen. Gefühle des Dasitzenden.

Armut der Sprache: Einer der nichts hört, heißt ›taub‹; wenn er nichts sieht ›blind‹. Wie aber ist er zu nennen, wenn er nichts riecht? Vielleicht ›glücklich‹ schlug ich mir denkfaul vor: auf jeden Fall, was?

Hinter dem 6 Fuß hohen Zaun – Maschendraht, mit 2 Schnüren Stacheldraht darüber; (und dann noch die verwilderte Lebensbaum=Hecke: typisch: ja keine co=operation!) – stand 1 Mann, mit einem dünnen, scheußlich=roten Plastikschlauch in der Hand, auf schütterem, pfuscherhaft=gemähtem Rasen, (da lob' ich mir Unser HAMPTON=COURT!), und besprühte eine Reihe kleiner, neugepflanzter Thujen. (›occidentalis‹? Ich will mich nicht festlegen.) / Ich hielt mich zunächst, absichtlich, hinter einer Fichte; und Er, obgleich er das Geräusch des nahenden Autos vernommen haben mußte, sah sich nicht um.
(Und warten. Ich hatte mich zu eisiger Geduld entschlossen.) –

–. – –. / – – –. – – – /. –. –:

: Er stellte vorn an der Düse; (man hörte's am veränderten Sausen des Wassers). / »Das dollste Dink, seit Noah bei der Marine war –«, hörte ich ihn murren; (auf Blasfemien war ich ja gefaßt gemacht worden). / Unverkennbar an vapeurs leidend; (falls es sich nicht um ein boshaftes Zeichen der Mißachtung handeln sollte, was zu entscheiden hier nicht der Ort ist – die Frage ist so zweifelhaft, daß selbst=mein Urteil, so oft ich von Neuem darüber nachdenke, schwanket. / Er legte den Kopf auf die linke Schulter, und schien dem mefitischen Klang noch nach zu horchen –) »Ganns Flachland schnarcht –« probierte er dazu maulfaul. Und Pause. Und weiter Wasserwispern. / Dann, als ihm 1 ferner Vogelruf ins Schweigen fiel, –: »Als Gesang noch Gemurmel war, hieß der Kuckuck Caruso.« (Saubere Maximen! Aber ich verhalte mich ja lediglich referierend. Auch däuchte es mir an der Zeit, vor zu treten.) –

–: »Dr. Mac Intosh.« –

(Er war tatsächlich etwas zusammengezuckt: hatte er unser Auto etwa doch nicht auf sich bezogen?). Musterte mich, muffig & tückisch; (und noch etwas glaste in seinem Blick, was man gleich vernehmen wird). Er überlegte. Dann sagte er, ebenso schwerfällig wie impertinent – (und das war das bezeichnende Gemisch unserer ganzen Unterhaltung: wie da zuweilen in sein trübes Auge ein Ausdruck überwältigender List trat!) –. »Jå. – Es kann schließlich nich Jeder Schmidt heißn.« Er spritzte; und sah dabei offenkundig weg, wie wenn er hoffte, daß ich mich nunmehr entfernen würde. Zerrte auch, unter ausgesprochen hünnischen Vertraulichkeiten, den Schlauch ein Ende weiter durch seine Selfmadeworld. (Und das bespritzte Laub raschelte, wie die Seiten von schlechten, experimentellen, Kurz=Romanen!).

ER mit jener für öffentliche Ämter so unschätzbaren würdevollen Fadheit und leeren Ernsthaftigkeit, (dabei so doof, daß er nicht mal in der Hölle Eiskrem verkaufen könnte, wenn er selbstständig sein müßte!); SIE von der Sorte, die auf Camping=Plätzen gleich Blümchen vors Zelt pflanzt und einen Tannenzapfen daneben legt.)

Mir sagt ja Keiner was. Auch hätte es wenig Zweck: mir wird die ganze Welt (wie sich's gehört) immer mehr eine Reihe unzulänglicher Illustrationen zu ›ZETTELS TRAUM‹.

»Och – schalt aus!«, denn »Buli Bulan« oder sonst ein Verantwortungsloser sang sacharinen: Fräulein Loni / ist mein Ideal /: denn sie kocht mir jedesmal /: Makkaroni ….. also gesendet im Bremer Werbefunk, süß sog und sandete die Musik (bloß, falls mich wieder mal Einer n Misanthropen nennt: ich hab meine Grind!)

Wir sind hier nicht ergriffen; wir sind auf dem Lande.

Ich am Steuer eines Autos? –: genausogut könntn Se Mich maln, ›auf einem Drachn reitnd‹!

Blöd und süß: der Hauptfilm. Man walzte dekorativ (»Nein, diese en-tzückenden Kleider, Heinrich!«); Willi dalberte um Lilian; und Hans Moser, der liebe kleine Schelm: Kinderkinder, wenn auf Totschlag bloß nicht immer gleich so hohe Strafen stünden!

»Atemlos lauschend« – ? : das kommt nur in Romanen vor; die hier hatten Alle derbe Bronchien.

Die Mükken der Mopeds; die Hummeln der DKW's; das Baßgestotter der Traktoren: jetz' wußt'ich wieder, warum ich so niedergeschlagen (gewesen) war. Ich hatte gerade die Seite ›STELLENANZEIGEN‹ in der ›Frankfurter Allgemeinen‹ gelesen: Nichts als Genien, ›reaktionsschnell‹ und ›verantwortungsbewußt‹; ›dynamische Persönlichkeit‹ und ›repräsentative Erscheinung‹; ›eigene Ideeen‹ und ›sicheres Auftreten‹ (Kunststück: wenn *ich* eigne Ideeen hätte, würd'ich ooch sicher ufftreten. Einer hatte sich sogar als ›Bulle mit Herz‹ bezeichnet!). –

Dank für Eb. Schlotter's Zeichnung – er ist ja bereits wieder in Spanien. (Sie wollen im September hin: ist er dann eigentlich noch dort?). Hoffentlich verträgt's Ihre Konstitution, alls das Öl Knoblauch die Guitarren Zigeunerinnen die Hitze – um Mich da=runter zu kriegen, müßte man schon die Armee einsetzen.

(Bootsbesitzer taufen ihr Paddelbötchen ›Erna‹ und ›Lilo‹: *warum* werden solche Namen nicht auch Autos rechts an den Bug gemalt?! (Bei Motorrädern an'n Tank). Ganz nach Geschmack, ›Lorelore‹. / Ka-

tholen können Heilige wählen. / Ich selbst – – tja, es war doch nicht – – was würde ich – – ? / Jedenfalls die Idee erst mal an Opel schreiben: durch diverse Filmstars, Fritz Walter, Onassis, propagiert, würde die Mode sich über Nacht verbreiten, ganze Buchstabenindustrien erzeugen, ›Mucedorus & Angostura‹. / Schüchterne Liebhaber erklärten sich damit, Rechtskreise um die unangesprochen Angebetete fahrend: daraus mehr Unfälle, mehr Fahrerflucht, Prozesse, Rückwärtsgang und Herzeleid, Vollbeschäftigung, sehr gut! / Jetzt fiel mir auch meiner ein: ›Nikolaj Iwanowitsch Lobatschewski aus Kasan‹. / Und, natürlich!: auch eine weitere Sicherung gegen Diebe: wer keinen dran hat, ist sofort abgesägt=verdächtig: also gleich nach Rüsselsheim schreiben!).

Zahnpulver: garantiert unschädlich: so die Aufschrift! (Witzig war unsre 46er Welt, was: nicht etwa wohlschmeckend, oder hochreinigend, oder mit Radium G – nee, nee: man bloß unschädlich!). Und ich feixte, daß mir die Backen wehtaten: n Suppenteller kriegte man nicht zu kaufen, aber wenn man die Totenmaske der inconnue de la Seine, 38 Mark 50, umdrehte, konnte man sie als solchen verwenden. »Und siehe: es war Alles gut!« (Ach, weg mit dem Mist!).

Es ist eine Freude zu beobachtn, wie diese Menschn jeder Arbeit aus dem Wege zu gehen wissn – lebm so auf den Altn Kaiser dahin; und singn dazu!?: Kräh'nfüße möcht' man um de Ohrn kriegn!

Das neechste, was ich mach', iss'n Antrack bei'm Landrat: opp ich ma nich'n Mien'feld legn dürfte.

»Intellektueller« betrachte ich als Ehrentitel: es ist nun mal das Auszeichnende am Menschen! Wenns Alle wären, würden die Schlägereien wenigstens nur mit der Feder ausgetragen, oder mitm Mund. Wär wesentlich besser!

»Käthe: was tätst Du, wenn Du die Sonne wärst?«. Sie verstand; sie lachte langsam unter steinernen Traueraugen: »Nu-u-u ……..:«:

»*Manchmal* brummte ich wie ne Viermotorige am Himmel lang«. (Und wir hoben verlegen die Gesichter: ? –: Nein. Ansehen. Lippen. Weiterlächeln).

»*Manchmal* ging ich schwarz auf. Und viereckig. – *Und* knallend.«

»*Armen Leuten* kochte ich unentgeltlich Suppe. Und Künstlern.«

»*Manchmal* drehte ich mittags wieder um, mit wehendem Wolkenröckchen.« (»Wenn Du genug gesehn hast.«). »Manchmal schnürte ich mich sehr, und käm als Goldene Acht.«

»*Die Astronomen* müßten andauernd neue Bulletins über mich herausgeben: ›Verläßliche Beobachter wollen sie auf einer Gemüsekarre in Hamburg zwischen den Apfelsinen haben liegen und blinzeln sehen‹!« –

»*Manchmal* liefe ich verschleiert nur dem Mond nach«: ein komplimentierender Knix! – »Aha!« (resigniert). – »Manchmal käm ich tags ans Fenster, und beobachtete Dich und diese dürre Krämer!« (Sfinxblick).

»*Deine alte graue Hose* tät ich versengen!!« – – »Ist sie tatsächlich so scheußlich?!« erkundigte ich mich betroffen und wölbte die Unterlippe: dann allerdings weg damit!

Frappiert stehen bleiben? Gewiß: grashalmmäßig hochgetriebene Föhren; dahinter der fahle Mondhimmel, und – achso! – keck 10 Meter hoch hineingeschleudert in all die ›Rasenstück‹=Grafik ein halbes Dutzend Fahrrad=Reifen: Bäume mit Ohrringen halt; darob war der Ignorant so=platt?: »'ne ganz normale Belustijunk der Bauern=Jungen doch. Was dengsDe, was Die sich so langweiln?: ich hab ma geschlagene Fünfminutn lang zugekuckt, wie sich

Zweie, beim Mistbreiten, den Dreck immer nach hintn, über die Köpfe weg, warfen. Aus reiner Verzweiflung; bloß damitz ma was andres war. Uff'm Lande wirsDe so. – Nenn's ›Sürrealismus‹, und komm drunter weck.«

XIV

Also Schluß!!: ent-güll-tich-Schluß!

Und nun, wo es zu spät ist; nun, als es dem unterm Hügel Liegenden nichts mehr nützt: nun kommt das widerlichste aller Mischgetränke: das posthumen Lobes!

Aber eines ist endlich – etwas spät freilich; und überhaupt ›wie lange noch?‹ – erreicht: *ich sehe von meinem Schreibtisch aus den Mond aufgehen!*

Was das für mich bedeutet, davon machen sich wenige Menschen einen Begriff. (*Aller*letzten Endes hat es wohl lediglich mit der Sehschärfe zu tun; ich habe, von Kindesbeinen an, so starke ›Minus=Zylinder‹, daß noch jeder Optiker vor rarer Freude aufgejauchzt hat, wenn er meine Brille unter's Meßgerät legte. Ich bin wegen meiner Selenomanie weder ›hyänenhaft feige‹, noch eine ›potentielle Verbrechernatur‹, wie viele meiner Gegner arg gerne möchten – als wenn die Erde nicht groß genug wäre, daß wir Alle darauf Unrecht haben können! Neinein; ich gehöre wirklich nicht ins Irrenhaus; obwohl ich seit meiner Geburt natürlich darin lebe.)

Zugegeben, ich sehe auch die Sonne aufgehen; aber zu dem blutigen Küchenmädchen habe ich nie ›ein Verhältnis‹ gehabt. ›Sonn'naufgang‹? Was heißt'nn das schon?! Einer steht aufrecht, wie ein

Wacholder; drei Wolkendamen liegen, in grauen schicken Mänteln, flach, (der Einen läuft's hinten rot raus, brrr!). Gewiß, sie gibt Licht, und vermindert die Zahlungen an den Stromversorgungsverband Osthannover und die Kohlenhändler; aber damit ist es auch gut. – Wogegen der Mond .....

Wenn ich also, im strapaziödesten Keinerlei des Vokabeljätens, dem Broterwerb, dem cash=as=cash=can, befangen, nach 14 Arbeitsstunden, aufblicke –: dann ist aus dem Wälderkranz eine dunkelgraue Rundum=Borte geworden. Unten läuft eine Katze vorbei, mit einer Zitronenscheibe im Mund; (sie hat Junge, daher diese, völlig verworrenen, Mutterinstinkte; wenn sie einen Hahnenkopf vom Nachbar anbringt, ist dessen abgesägter Suppen=Seitenblick schon erheblich fataler.) Durch die Spreizhand – manchmal ist mir vom vielen Tippen, als wäre sie im Gelenk abgeschnürt – die mir die Brillenlemniskate zurechtrückt (r gleich a mal Wurzel aus cosinus 2 phi; tatsächlich, ich kann's noch auswendig!) blinzt Jupiter als ›Zugabe‹. Wirklich ver=schmidt=ste Stücke sind nicht mehr möglich: aus ehrlicher Erschöpfung. Wer derart lange, unter Nes=Kaffee=Druck, an JOYCE übersetzt hat, oder FAULKNER, oder, noch schwieriger, ›ANGRIA und der Weg dorthin‹ – ja, diesen ›schäbigen Rest‹ von 1 Menschen besieht man sich besser nicht mehr.

Und trotzdem tastet die Hand schon wieder nach

dem Zettelkasten – 2 Sorten stecken, notizbereit, darin: DIN A 9 (37,16 mal 52,56) und DIN A 8 (74,33 mal 52,56 Millimeter); und auch das ist wiederum nichts weniger als eine Pedanterie; sondern schlicht eine Frage der Erfahrung: es liegt am Temperament, wie lang die Stichwortreihe ist, deren man zur Notierung eines Eindrucks bedarf; und ein Zettelchen DIN A 8, hinten & vorn mit winziger Spitzschrift in Sigeln bekritzelt (hi! die vielen ›i‹=Zinken!) entspricht immerhin einer Buch=Viertelseite. – Also die Hand tastet. Auch nach einem der 20 sehr lang=scharf geschliffenen Bleistifte (›alte Rasierklingen‹: das ist's!); (und ›Nummer 2‹ wohl; jedenfalls ›weiche‹). Und schreibt:

»… 1 bleiches molkichtes Gesicht durch'n Kronsberg=Wald …

… flatterndes Volk zog auf marmornem Kreuzweg, stundenlang …

… Gegen Mitternacht erschien 1 Stück Mond im Himmel. …«

Aus der Beschaffenheit solcher Neuigkeiten auf den hohen Grad der Unschuld & Einfalt meines pastoralen Wortmetz=Daseins=hier zu schließen, wäre jedoch voreilig. Unser Schicksal heißt Turbulenz; heißt ›kompliziert leben‹; (und das, im Bewußtsein jedes gebildeten Lesers prompt erscheinende, ›Einfach=leben‹ ist nur eine wehmütig=unrealistische Formel, über die man schon im späten Rom resigniert gelächelt haben dürfte.) Nach meinem Arbeitsplatz fragen Sie mich? Was ich will? Was ich bin?

: Warten Sie, bis ich *nicht* mehr bin.

Textnachweise

Wenn nicht anders angegeben, wird zitiert nach der *Bargfelder Ausgabe* (BA) der Werke Arno Schmidts, hrsg. von der Arno Schmidt Stiftung, Zürich / Frankfurt a.M. / Berlin 1986–2010. Die römischen Ziffern bezeichnen die Werkgruppe, die arabischen die Bandzahl innerhalb der Werkgruppe und die Seitenzahlen.

ASS	Unveröffentlichtes Material aus dem Archiv der Arno Schmidt Stiftung, Bargfeld.
BwK	Arno Schmidt: Briefwechsel mit Kollegen. Hrsg. von Gregor Strick. Frankfurt a.M. 2007.
BwM	Arno Schmidt: Der Briefwechsel mit Wilhelm Michels. Hrsg. von Bernd Rauschenbach. Zürich 1987.
BwS	Arno Schmidt: Der Briefwechsel mit Eberhard Schlotter. Hrsg. von Bernd Rauschenbach. Zürich 1991.
Fragmente	Arno Schmidt: Fragmente. Prosa, Dialoge, Essays, Autobiografisches. Supplemente 1 zur Bargfelder Ausgabe. Frankfurt a.M. 2003.

I

Sie haben einfach keine Zeit, Kitsch oder auch nur Durchschnittliches zu lesen!

21 Motto: I 4,625. | 1 I 2,202. | 2 I 4,70. | **23** III 4,91 f. | **24** 1 I 2,35. | 2 II 3,191. | 3 I 4,111. | **25** I 4,631. | **26** III 3,422 f.

II

Seliger Beruf, wo man sich 60 Stunden um ein einziges Wort mühen kann

28 Motto: IV 1,745. | 1 I 2,89. | 2 II 2,250. | 3 I 2,168. | **29** 1 II 3,77. | 2 I 1,257 f. | **31** 1 III 3,477. | 2 III 3,176. | **32** 1 II 1,347. | 2 I 3,300. | **33** II 2,139 f. | **34** Brief an Hans Wollschläger vom 20. Januar 1967, ASS | **35** I 2,324 f. | **36** I 1,317. | **37** 1 Brief an Eberhard Schlotter vom 28. September 1957, BwS 46. | 2 I 1,172. | 3 III 3,104. | **38** 1 II 2,397. | 2 I 4,177 f.

III

Ein Blick zu den Herren Kollegen

41 Motto: II 1,211. | I 2,128. | **44** 1 I 3,482. | 2 Brief an Hermann Hesse vom 22. Mai 1950, BwK 55 f. | **46** 1 I 1,432. | 2 II 3,214. | **47** 1 II 2,11. | 2 I 1,238. | 3 III 3,354. | **48** 1 II 1,367. | 2 II 2,266. | **49** 1 I 1,206. | 2 I 1,351. | 3 I 1,317. | 4 Tagebuch Arno Schmidt vom 19. Juli 1958, ASS | 5 I 1,368. | **50** 1 II 1,210 f. | 2 II 3,219. | 3 Brief an Ernst Krawehl vom 11. November 1958, ASS | **51** 1 III 3,155. | 2 II 2,140. | 3 II 1,214 | 4 IV 4,49. | **52** 1 Tagebuch Arno Schmidt vom 10. Mai 1957, ASS | 2 III 3,345. | 3 Brief an Ernst Krawehl vom 15. November 1958, ASS | 4 I 2,29. | **53** 1 II 2,78. | 2 I 1,375 f. | **55** 1 II 2,295. | 2 III 3,212. | **56** 1 II 1,278. | 2 II 2,378. | 3 IV 2,32. | **57** 1 II 2,147. | 2 Brief an Eberhard und Dorothea Schlotter vom 25. November 1956, BwS 19. | **58** III 3,268.

IV

Und die Landschaft scharf im Auge behalten

59 Motto: I 1,318. | 1 I 1,155. | 2 I 1,395. | 3 I 1,338. | **60** I 3,462 f. | **63** 1 I 1,307. | 2 I 1,218. | 3 I 3,235. | 4 I 1,141. | **64** 1 IV 1,170. | 2 I 1,312. | 3 II 1,181. | **65** 1 I 1,157. | 2 I 1,315.

V

Die Politik ist das Schicksal!

66 Motto: II 1,277. | 1 I 2,187. | 2 III 3,88 f. | **70** I 3,180. | **71** 1 I 3,341 f. | 2 II 1,320. | 3 I 2,83 | **72** 1 III 3,437. | 2 IV 4,21. | 3 I 2,30. | **73** 1 II 1,323. | 2 I 2,127 f. | **74** 1 I 1,304. | 2 II 2,172. | 3 I 3,179 f. | **77** I 2,98. | **78** 1 I 1,397. | 2 I 1,314 f. | **79** 1 III 3,439. | 2 III 4,269. | **80** 1 IV 1,473. | 2 IV 4,21. | **81** 1 I 1,279. | 2 II 3,154 f. | 3 I 2,52. | 4 I 1,401 f. | 5 I 2,39.| **82** 1 II 2,213.| 2 I 2,21. | 3 I 1,371. | **83** 1 IV 2,195. | 2 I 1,366. | 3 I 2,206 f. | 4 I 4,16 ff.

VI

Ich näherte Mich=Ihr also mehr aus Fürwitz

91 Motto: I 2,108. | 1 I 1,140. | 2 I 1,131. | 3 I 1,422. | **92** I 4,73 ff. | **95** I 1,416 f. | **96** 1 I 2,27 f. | 2 I 1,280 f. | **98** 1 II 2,248. | 2 I 2,46. | 3 I 1,399. | **99** 1 I 2,74. | 2 I 3,472. | 3 I 3,465 f. | **100** 1 I 1,324. | 2 I 1,412. | **101** 1 I 1,119. | 2 I 2,81. | 3 I 3,337. | **102** 1 I 2,16. | 2 Brief an Eberhard Schlotter vom 23. September 1957, BwS 46 | **103** I 2,38.

VII

Von allen guten Geistern ohnehin verlassen; zumindest seit 3 Tagen

104 Motto: III 3,290. | 1 I 2,214. | 2 I 1,271. | 3 III 3,324. | **105** 1 I 1,129. | 2 II 1,133 f. | 3 I 1,343. | 4 I 1,167. | **107** 1 I 1,315. | 2 III 3,91. | **108** 1 I 1,118. | 2 I 2,156 f. | 3 I 1,306. | 4 I 1,278. | 5 I 1,319. | **109** I 2,210 f. | **110** III 3,285. | **111** 1 IV 1,1293. | 2 I 3,357. | 3 I 2,49. | 4 I 1,284. | **112** 1 I 1,394. | 2 IV 2,11. | 3 I 2,32.

VIII

Wer nur kann groß sein? Künstler und Wissenschaftler!

113 Motto: IV 3,144. | III 3,287. | **114** I 1,165. | **116** 1 I 1,356. | 2 III 4,418. | 3 IV 2,268. | **117** 1 I 1,127. | 2 I 2,60. | 3 I 1,171 f. | 4 I 4,130. | **118** 1 IV 2,296. | 2 I 2,30. | 3 I 1,318. | 4 IV 3,40. | **119** 1 I 2,33. | 2 II 2,293. | 3 I 1,237 f. | **120** IV 3,40. | **121** 1 I 1,168. | 2 IV 4,129. | **122** 1 III 3,435. | 2 I 1,174 f. | **123** I 1,355. | **124** IV 4,83. | **125** 1 IV 1,17. | 2 IV 4,130. | 3 IV 4,108. | **126** 1 IV 1,747. | 2 III 3,414 f. | 3 I 3,465. | **127** 1 I 2,200. | 2 II 3,267. | 3 I 1,138. | 4 I 1,314.

IX

Daß man immer essen muß … widerlich!

129 Motto: IV 3,183. | IV 4,13. | **132** I 1,187. | **133** 1 IV 1,737. | 2 IV 2,189. | 3 I 1,166. | 4 I 3,341. | **134** 1 II 2,74. | 2 I 2,246. | 3 I 3,472. | 4 I 2,301. | **135** 1 I 2,264. | 2 IV 4,44. | 3 IV 1,463. | 4 IV 2,189. | 5 I 2,141. | **136** 1 I 3,471. | 2 I 1,287. | 3 IV 3,86. | **137** 1 IV 2,46. | 2 IV 2,189. | **138** 1 I 1,177 f. | 2 I 2,68. | **139** II 2,410.

X

Sport; viel vom Sport

140 Motto: I 1,170. | 1 I 1,140. | 2 I 1,73 | 3 I 1,140 f. | **141** 1 II 3,313. | 2 I 1,312. | **142** 1 IV 1,1041. | 2 IV 1,538. | 3 I 3,451. | **144** 1 IV 1,1120. | 2 IV 3,256. | 3 IV 1,390. | 4 IV 4,19. | **145** 1 I 3,289. | 2 I 1,283. | **146** I 1,169.

XI

Die Katzen pulsierten im Pelz

147 Motto: I 3,322. | I 2,65. | **149** 1 I 1,291. | 2 I 1,316 f. | **150** 1 I 3,497. | 2 I 2,33. | 3 IV 4,57. | **151** 1 I 2,341. | 2 IV 2,185.

XII

Der Wind haucht verdächtig aus allen Weltgegenden

152 Motto: I 3,269. | I 4,129. | **153** Fragmente 344 f. | **155** I 1,157. | **156** Brief an Eberhard und Dorothea Schlotter vom 25. November 1956, BwS 16 ff. | **160** Brief an Eberhard und Dorothea Schlotter vom 28. September 1957, BwS 45. | **162** IV 1,1068 f.

XIII

Komisch ist der Mensch, inclusive Schmidt ....

163 Motto: I 1,181. | 1 I 1,164. | 2 I 1,201. | 3 I 1,368. | **165** 1 I 1,130. | 2 I 1,292. | **166** 1 Brief an Wilhelm Michels vom 15. Dezember 1958, BwM 94. | 2 Tagebuch Arno Schmidt vom 15. Januar 1957, ASS | 3 I 1,320. | **167** 1 I 3,512. | 2 I 2,12. | **168** 1 Brief an Ernst Krawehl vom 19. April 1958, ASS | 2 Brief an Wilhelm Michels vom 10. Februar 1959, BwM 107. | 3 I 1,313. | 4 I 2,109. | **169** 1 I 1,269. | 2 I 1,119. | **170** 1 I 2,146. | 2 III 3,290. |

3 I 1,406. | 4 I 1,140. | 5 I 2,17. | 6 Brief an Wilhelm Michels vom 10. Februar 1959, BwM 107. | **171** 1 I 1,138. | 2 Brief an Ernst Krawehl vom 3. August 1958, ASS | 3 I 1,136. | 4 I 1,269. | **172** I 3,402 f. | **173** I 4,130. | **174** 1 Brief an Kuno Schuhmann vom 11. Juni 1967, ASS | 2 I 1,159. | 3 II 3,195. | 4 IV 2,163. | 5 I 1,377. | **175** 1 I 1,135. | 2 Fragmente 131 | 3 Brief an Hans Wollschläger vom 17. Mai 1967, ASS | 4 I 2,195 f. | **176** I 1,162. | **177** 1 IV 3,142. | 2 I 3,407.| 3 I 1,129. | 4 I 1,389 f. | **178** I 3,463 f.

XIV

Also Schluß!!: ent-güll-tich-Schluß!

180 Motto: II 1,204. | III 4,30 f.

Verzeichnis der Abbildungen

